わらの女

カトリーヌ・アルレー

翻訳仕事で生計を立てるハンブルクのドイツ人女性ヒルデガルト。三十四歳独身。毎週金曜日の朝は、新聞の求縁広告欄のチェックで始まる。ある朝そこに見出したのは、「当方大資産家、良縁求む。願わくはハンブルク出身、未婚、だが世間知らずでなく、家族も身寄りもなく」という広告。すべてはここから始まった。知性と打算に裏打ちされた手紙が功を奏し、大富豪の妻の座は目前だった。資産家の秘書コルフの緻密な計画を信じ、彼の指示通りにすべてを進めた彼女だったが。精確無比に組み立てられた完全犯罪の物語。ミステリ史に残る傑作、新訳版。

登場人物

ヒルデガルト・メーナー……翻訳で生計を立てるドイツ人女性、三十四歳、独身。
カール・リッチモンド……大資産家
アントン・コルフ……リッチモンドの秘書
バーンズ……リッチモンド家の執事
マーティン・ロマー……ニューヨーク市警第八分署警部
スターリング・ケイン……ニューヨーク市警犯罪捜査課の主任捜査官

わらの女

カトリーヌ・アルレー
橘　明美訳

創元推理文庫

LA FEMME DE PAILLE

by

Catherine Arley

わらの女

玄関のドアを開けたとき、今日は金曜だと気づいた。のちに彼女は、すべてが始まったこの日のことを忘れられなくなるのだが、このときはまだ知る由《よし》もない。それはいつもどおりの、取り立てて楽しくもなければ悲しくもない普通の日にすぎなかった。彼女は身をかがめ、牛乳瓶と、その上に危ういバランスで載っている週刊新聞を取り込んでドアを閉め、スリッパを引きずってキッチンに入った。食器棚の上のラジオのスイッチをひねり、籠からパンをとって二枚スライスし、トースターのスロットに差し込んで電源を入れ、牛乳を手鍋に移して火にかける。それからポケットの櫛《くし》を取り出し、鏡の前で髪を整えた。毎朝ほぼ無意識に繰り返される動作だが、金曜日はその最後にもう一つ、新聞を読むことが加わる。ただし見出しも写真も見ず、いきなり第六面を開く。それは恋人や結婚相手を探す求縁広告欄で、左右二段組の左側では独身女性が魂の伴侶を、右側では男性が孤独を分かつ相手を求めている。

その求縁広告欄こそ、ヒルデガルトが見たいものだった。

もう何年も前から、かすかな期待を胸に毎週欠かさずこの欄に目を通していて、それが一種の生きがいになっている。といっても彼女の場合、恋愛に憧れているからでも、感傷にひたりたいからでもない。扶養家族を抱えて悲嘆に暮れる男やもめや、内気で恋人ができない青年はもちろん、少々羽振りのいい商人でさえまったく眼中にない。そうしたありきたりの男たちの一人と結婚することにはなんの興味も覚えない。月並な暮らしなら知りすぎるほど知っている。彼女自身の毎日がそうなのだから。翻訳の仕事でどうにか食いつないできたものの、これが人生とはとても思えない。生きるというのはもっとはるかに胸躍《おど》る、いまの暮らしとはかけ離れた営みであるはずだ。だからここは通過点でしかなく、いずれなにかが起こるに違いないと彼女は信じていた。

だが世の多くの人々は冒険というものを知らない。知っていても否定するか、無視するか、望まないかのどれかでしかない。なにかを勝ち得たいという願望そのものを危険視し、なによりも平穏無事という名の貧乏人の幸福を重んじ、そのために情熱、挫折、リスクを避けようとする。なかでもリスクは、各人にわずかに残された心や夢や幻想まで賭けるありえない賭博であって、絶対に手を出してはいけないと考えられている。

だからかもしれないが、ヒルデガルトには友人がいない。かといって女性の社交クラブに入る気にも、猫を飼う気にもなれず、結局のところ新聞が、毎週金曜日発行の新聞だけが、唯一の活路のように思えるのだった。

問題の右側の段は、一行たりとも読み飛ばしてはならない。せっかくのチャンスを見落とすようなへまはしたくないので、何年も前から忍耐強い目の運びを自らに課してきた。しかもこの欄は、程度の差はあれ陰気な人、不幸な人、世間知らず、気難しい人などが吐き出す感情的、社会的不満の吹き溜まりで、そのなかからどうやって自分にとっての〝当たり〟を引くかというのは、一種の心理テストのようでもあり、集中力を要する。

広告はどれも三、四行の略文で、正確に読みとるには慣れも必要だが、彼女はとっくにコツをつかんでいて、すらすら読める。行から行へと目を走らせながら、片手でパンを口に運ぶ余裕さえあった。

ところがこの日、いつものなめらかな目と手の動きが途中で止まった。なぜならそこに……あったからだ。一見ほかと変わらない数行の広告だが、購読を始めて以来探しつづけていた金の鉱脈が、間違いなくそこにあった。

ヒルデガルトはゆっくり読み返した。


当方大資産家、良縁求む。願わくはハンブルク出身、未婚、だが世間知らずでなく、家族も身寄りもなく、贅沢《ぜいたく》が肌に合い、旅を好む女性。おぼこ娘も涙もろいオールドミスもお断わり。

大資産家……。

ラジオを止めた。夢のような話だが、大資産家が新聞広告で花嫁探しをするなど、にわかには信じがたい。

ヒルデガルトは煙草に火をつけ、一服しながら考えた。《願わくはハンブルク出身、未婚……家族も身寄りもなく……》同郷の女性と結婚したいのだろうか。《家族も身寄りもなく》は金目当てで群がるハイエナどもを警戒してのことだろう。一人の女性との結婚は、その家族との結婚でもある。それがいやなら天涯孤独の女性を選ぶしかない。《おぼこ娘も涙もろいオールドミスもお断わり》こちらは文字どおりに解釈できる。

驚きに見開かれた彼女の目の前に、ふたたび〝大資産家〟という魔法の文字が踊りはじめた。富豪がなぜこんな広告を出したのか、その理由は二つしか思いつかない。上流階級の女に飽きたからか、本人がかなり老けているから。いや、ひどく醜いという可能性も……化けもののようだとか？　でもそれがなんだろう。金持ちなら容姿などどうでもいい。結局のところすべては金次第なのだから。

すぐに肚《はら》を決めた。選ばれるかどうかは別として、少なくともこの夢のような人物と会いたいなら、迷っている暇はない。とにかく面会のチャンスをつかむこと。そこから先は運次第。ヒルデガルトは自分の運を信じていたが、と同時に、自分と同じようにこの広告に応じる多くのライバルになんとしてでも勝ってみせると、早くも闘志を燃やしていた。

この広告に出合うまでの彼女の人生は、孤独と、貧しさと、悲劇の連続でしかなかった。しかもそれはすべて、無益な戦争という抗《あらが》いようのない不条理によるものであって、名もない無数の市民と同じように、彼女自身にはなんの責任もなかった。あんな不幸に見舞われる謂《いわ》れはどこにもなかったのだ。だから自分には、いや自分にだって、ささやかな幸福を手にする権利があるはずだと思えてならない。そしてその幸福は、彼女にとってはもはや一つしか顔をもたない。これまで満たされなかった夢を実現し、あらゆる欲求を満たしてくれる富という顔しか。もしかしたら、いま見つけたこの広告のおかげで、ようやく人生が上向くかもしれない。不当な運命をここでうまく出し抜くことができれば、これまで歩んできた、黒いリボンでも伸ばしたような冴えない道を離れ、新たな道へと踏み出すことができるかもしれない。

ヒルデガルトは応募の手紙を書きはじめた。細部にまで気を配って何度も下書きした。いちばんいいのはありのままを書くことだ。応募者がみな無一文の哀れな女であることを、先方は先刻承知なのだから、見栄《みえ》を張っても意味がない。試行錯誤の末にようやく納得のいくものができると、それをできるだけきれいな字で清書し、最後にもう一度読み返した。相手がなにをどう判断するかわかったものではない。筆跡にひどくこだわることだってありうる。詳《くわ》しい人が見れば、筆跡だけでかなりのことがわかるというし……。

そしてこういう手紙が出来上がった。

前略

わたしはハンブルク大空襲ですべてを失いました。家族も、友人も、家も、財産も、定職も奪われ、これ以上失うものとてなく、記憶でさえあの悲惨な時期のものしか残されていません。その記憶があまりにもつらいので、恐ろしい過去をどうにかして断ち切りたいと思い、この手紙をお送りすることにした次第です。新しい生活を始めたいというのがわたしの望みのすべてであることを、どうかご理解いただきたく存じます。

危険と名のつくものはすべてこの目で見てきたので、なにごとにも心構えができているつもりです。また、もっていたものも、望んでいたものもすべて奪われたので、ロマンチックな夢などもはや持ち合わせておりません。そうした点とあなたのご要望を考え合わせると、このお話は双方にとって都合のいいものではないかと思えます。

わたしは三十四歳です。背が高く、髪はブロンドで、身なりを整える機会さえあれば、そこそこの美人で通るでしょう。家族も、夫も、子供もおらず、普通の結婚を望む気持ちも、恋愛願望もありません。夢見ているのは裕福な暮らしをすることだけです。

あなたの広告を拝見して、生まれて初めて胸の高鳴りを覚えました。そして早くも、あなたが見知らぬ女性に差し出された財産と優雅な暮らしを好ましく思っています。

資産家でありながら、新聞広告で結婚相手をお探しだということから、あなたがなんらかの問題を抱えておられると考えざるをえません。ですがどんな問題があろうとも、たとえご病気でも、性格に難があっても、障害がおありでも、わたしにはそれを乗り越える力があると思っています。このお話を進めるためには、いずれどこかの段階ではっきりさせなければならないでしょうから、ならばいっそのこと、いまから正直に申し上げるべきだと思いました。

これが戯《たわむ》れではないのなら、こちらにはあなたが結婚契約書に記載される条件のすべてを受け入れる用意があるとお考えください。わたしのほうの条件は、ご提案どおりの贅沢で裕福な暮らしをさせていただけること、それだけです。わたしの未来にふさわしいのはそれだけなのですから。

草々

ヒルデガルト・メーナー

それから宛先の私書箱の番号を封筒に書き、手紙を折りたたんで入れ、封をした。そしてなんの変哲もない白い封筒を眺めながら、果たしてこんなものが夢の王子と自分を結び合わせてくれるのかと、少々懐疑的な笑みを浮かべた。

その後、彼女は相手の反応を何週間も待つことになったが、すぐに返事が来るとははなから思っていなかったので、さほど気を揉《も》みはしなかった。なにしろ相手はまず殺到する手紙の山を読み、選《え》り分けなければならない。だがその大半は軽率な、もしくは軽薄な文面に違いないから、直球勝負の自分の手紙が相手の目に留まらないはずはないと自負していた。

もちろん週刊新聞はその後も購読を続けた。だがやはり、あれほど胸のときめく広告には二度と出合わなかった。自分でも、ああしたものは二度と出てこないだろう、あれが最初で最後のチャンスだったのだと思った。

吉と出るか凶と出るかはわからないものの、準備はしておかなければならない。ヒルデガルトは乏しい蓄えの大半を投じてスーツを仕立てた。運が味方してくれて、いよいよ夢の王子との対面となったときに、失業中の家政婦みたいな恰好でのこのこ出ていくわけにはいかない。

さらに、いつも翻訳の仕事をもらっている出版社を訪れ、頼み込んで追加の仕事をもらった。返事が来た場合に備えてできるかぎりの準備をしておくためだ。事の成否を分けるのは、なんといっても顔を合わせたときの第一印象だろう。だからその日は特別に輝いていなければならない。そのためには金をかけるしかない。道を切り開きたければ、食費やクリーニング代を削る程度の消極策ではだめで、積極的に稼ぎを増やすしかない。だから彼女は厄介な翻訳をいつも以上のペースで仕上げなければならず、そのためにいつもより二時間早く起き、二時間遅く寝ることも厭《いと》わなかった。また体形を整えるために食事のときワインを飲むのをやめ、パンを食べるのも我慢した。週に三日は、夜寝る前にパックまでした。要するに、じりじりしながら返事を待つあいだ、できることはすべてやった。そしてもちろん、日に二度、郵便配達の時間を見計らって階下におり、郵便受けを確認することを忘れなかった。

そしてある朝、彼女が半ば絶望し、あの手紙はあまりにも人間性に欠けると思われたのではないかと悔やみはじめたころ、とうとうそれが届いた。郵便受けにフランスからの手紙が入っていたのだ。消印はカンヌだった。ヒルデガルトはすぐには開封する気になれず、しばらく矯《た》めつ眇《すが》めつ震える指で何度もひっくり返していたが、ようやく封を切ると一気に読んだ。

拝啓

広告への応募が殺到したため、お返事がすっかり遅くなりました。あなたのお手紙にはすぐに興味を引かれましたが、かといってほかの応募をないがしろにもできず、ひととおり目を通さなければなりませんでした。あれほど率直な手紙がほかにもあるかどうかを知りたかったのです。あなたの手紙には偽善のかけらもなく、そこに惹かれました。ご自分の考えをあのように明らかにされたのはあなただけで、まさにわたしがずっと探していた、現代的で、前向きで、大胆な若い女性という理想に合致するように思われます。

もしまだあなたのお気持ちが変わっていなければ、互いをもっと知り、共通の未来の基礎固めに一歩踏み出してみるというのはいかがでしょう。そう思い、誠に不躾《ぶしつけ》ながら、カンヌまでの航空券を同封させていただきました。またカンヌではカールトン・ホテルにお泊まりいただけるよう手配してあります。

申し上げるまでもありませんが、あなたのコート・ダジュール滞在の費用は、期間にかかわらず、またわたしが最後にどういう決断を下すかにかかわらず、全額こちらで負担させていただきます。また、人生を変えたいとの双方の意思にもかかわらず、なんらかの理由で合意に至らない場合は、当然のことながら、ハンブルクまでの帰りの航空券をご用意します。

当方の提案を、あなたも公正かつ誠実なものとお認めいただけるものと信じています。お目にかかれるのを楽しみにしています。

敬具

サインは判読不能だったが、次の月曜日の航空券がたしかに同封されていた。

ヒルデガルトはまだ半信半疑で航空券と手紙を交互に見やりながら、それにしても、とふと思った。こういう手紙がそこらの案内状かなにかのようにタイプされているというのは、やはり妙ではないだろうか。女性秘書に口述筆記させたのだろうか。だとしたらこの話自体が滑稽なものになってしまう。この手紙はいったい何通タイプされたのだろう。返事を待ちわびる何人の女性に送られたのだろう。

だが同時に、だとしても、いったいなんのリスクがあるっていうの？　と問う自分もいた。たとえ話がまとまらなくても、すてきな旅行ができることに変わりはない。それにコート・ダジュールといえば、ずっと前から憧れていた場所ではないか！　人に招待されて南仏に行ってきたと自慢できる女性が、ハンブルクにいったい何人いるだろう。

ずっとのちに、ヒルデガルトはこの奇妙な結婚話の始まりを思い返し、そういえば新聞広告にも、手紙にも、ある言葉が書かれていなかったと気づくことになる。そこにただ一つ欠けていたもの、それは愛という言葉だった。

第一部

正面に立派なチェストがあり、その上に大きな銀の壺が載っていて、真っ赤なバラがこぼれんばかりに生けてある。正確には三十七本。彼女はそれを数え終えたところだ。ルイ十五世様式のインテリアもさることながら、なんといってもこの壺と花が富を雄弁に物語っている。

高級雑誌を手にとったら、光沢のある表紙に指紋がついてしまった。ヒルデガルトは先ほどから、歯医者の待合室にでもいるように、ドアが開いて呼ばれるのを待っている。四階にあるこの三〇六号室は海側のスイートルームだとコンシェルジュが言っていた。ということは、ここはまだ控えの間で、奥に豪華な客間があるはずだ。ヒルデガルトが泊まっている部屋も快適で、中庭の眺めも悪くないし、昨日着いたときにはやはり花が迎えてくれて、歓迎のメッセージも添えられていた。だがここはもっと格が上のようだった。

昨日の午後、チェックインしたところへ電話があり、面会予定の相手は翌日にならなければ時間がとれないので、それまで自由に過ごすようにと言われた。ホテルでゆっくりしてもいいし外出してもいい。踊りに行くのも、海辺の散策も、美容院に立ち寄るのも自由。あなたの名前でフランス・フランの口座が用意してありますから、フロントで名乗るだけで使えます、とも言われた。

だがこちらから口をはさむ間もなく、ではどうか快適にお過ごしくださいと締めくくられ、相手が誰なのかわからないまま受話器を置くしかなかった。

ヒルデガルトはホテルの美容室で髪をセットしてもらい、ルームメイドに服のアイロンがけを頼み、ストッキングを買った。

今朝になると今度は女性秘書から電話があり、丁寧なあいさつのあと、午後四時に三〇六号室でと面会の予定を告げられた。

ヒルデは控えの間で七分待った。するとドアが開き、今朝の電話の主《ぬし》らしい若い女性秘書が笑顔で出てきた。

「ヒルデガルト・メーナーさんですか?」

ヒルデは少し上気した顔で頷いた。

「四時のお約束でしたね? どうぞお入りください」

秘書は優雅なしぐさで客間に通じるドアを示した。

ヒルデは立ち上がり際にハンドバッグを落としてしまい、慌《あわ》てて拾おうとしたら、同時に腰をかがめた秘書とぶつかりそうになった。動揺したまま客間に入ると、すぐにうしろでドアが閉められた。

一人の紳士が近づいてきて、手を差し出した。六十歳くらいだろうか、額が後退していて、地味な顔立ちだが、見るからに気品がある。

ヒルデはほっとし、嬉しくなって微笑んだ。相手はさすがに若いとは言えないが、驚くほど感じがいい。

「メーナーさん、フランスへようこそ。や、これは失礼。フランス語はお話しになりませんか？」

「いえ、話せます」

「すばらしい。どうぞおかけください」

男は肘掛け椅子を勧めると、書類だの電話だのでほぼ埋め尽くされた寄木細工《よせぎざいく》の大きな机のうしろに回った。そしてインターホンのボタンを押し、「なにがあっても邪魔をしないでくれ。それから、ブレメールの件の書類を今晩までに揃えるのを忘れないように」と言ってボタンを離した。部屋に静けさが戻った。

「メーナーさん、フランスはいかがです。前にも来られたことが？」

「ドイツを出たことはありません。じつは、ハンブルクを出たことさえないんです」

「ハンブルクはすばらしい町でした。とんでもない戦禍を被《こうむ》ったものです……」

ヒルデはなにも答えなかった。

「爆撃で、ご家族を全員亡くされたんですね？」

「はい。父も母も、姉とその子も」

「なんということだ。お悔やみ申し上げる。つまり、死を免《まぬが》れることができたのはお義兄《にい》さんだけということですか？」

「ええ」と言ってヒルデは苦笑した。「義兄はとても運がよかったのですが、それも長くは続きませんでした。そのあとすぐ、西部戦線で命を落としました。立派な最期《さいご》だったそうです。遺族にはそう伝えるものなんでしょうが」

「過酷な運命だ。つまり文字どおり天涯孤独になられたわけですね」

「これ以上ないほどに」

「そして、親しい友人もおられない？」

「いません」

奇妙なやりとりだった。ヒルデはどんな対面になるだろうかとあれこれ想像していたが、まさか書類だらけの机をはさんで自己紹介することになるとは思っていなかった。

「メーナーさん、一服いかがです」

「喜んで」

男はポケットから金のシガレットケースを取り出し、ヒルデに一本とらせ、これまた金のライターで火をつけた。ところが自分はとらずにケースをしまったので、ヒルデは少々ばつの悪い思いをした。

「部屋はお気に召しましたか？」

「とても快適です。ありがとうございます」

「あいにく海側の部屋に空きがなくて」

「そんなご心配はいりません。中庭もとてもいい眺めです」

「それはなによりだ。ここまでの旅にも不自由はありませんでしたか？」

ヒルデは首を振った。

「飛行機も初めて乗られたんですね？」

わざわざドイツから呼んでおいて、こんなつまらない話しかしないつもりだろうかと、ヒルデは心中《しんちゅう》首をかしげた。それともこの人は、心が決まるまであまり踏み込むまいと思っているのだろうか。だがヒルデのほうは、最悪の事態を覚悟していただけに、相手をひと目見たときから自分の好みのタイプとしか思えずにいた。すぐにも立ち上がって「この話お受けします」と言い、その足でカンヌの街に出て欲しいものを片っ端から買い、失われた時間の埋め合わせをしたいくらいだった。

「ところで、メーナーさん、どのように生計を立てておられるのか伺《うかが》ってもいいですか？立ち入った質問で恐縮だが、この混乱の時代に、女性がたった一人で世渡りするのはたいへんなことだと思ったもので」

「手紙にも書きましたが、翻訳の仕事をしています」

「ああ、そうでしたね。しかし、それだけで暮らしていけるものですか？」

「生活を切りつめる方法ならいくらでもありますから、なんとか」

「それはけっこう」

「けっこうとは言えませんが」

「失礼、単なる相槌《あいづち》です」

二人とも思わず口元を緩めた。

「紅茶をいかがです？　それともポルト酒？」

「どちらでも」

男は立ち上がり、壁際のライティングデスクの扉を引き開けた。するとなかの明かりに照らされて、クリスタルのボトルやグラスがいっせいに輝き、光が躍《おど》った。これがバーカウンターというわけだ。男はそのなかから、ヒルデなら陳列棚に大事に飾っておきたいようなグラスをとり、ポルト酒を注いで慣れた手つきで差し出した。そして彼女の目を見て微笑んだ。きっと乾杯するのだろうと思い、彼女は口をつけずに待った。思ったとおり男は杯を上げたが、期待をもたせまいとの配慮からか、ただ「未来に」と言っただけで、「わたしたちに」とは言わない。それでも応じないわけにはいかないので、ヒルデも杯を上げてポルトを飲んだ。

「ところで、手紙を寄せてくれた数多くの女性のなかから、なぜあなたが選ばれたかおわかりですか?」

「たまたま、でしょうか?」

「いやいや。今回のこの、なんというか、〝計画〟とでもしておきますか——というのも〝縁談〟では少々軽薄に思えますから——この計画においては、なに一つ偶然に任せることはできません」

ヒルデはふと、この人は性的に不能なのかと思った。

「理由はあなたの驚くべき率直さです。資産というものには、とりわけその額が世界規模ともなると、金にたかろうとする人間を瞬時に見分けるアンテナが備わるようになる」

ヒルデは椅子の上でそわそわした。

「手紙の多くは平凡極まりない女性たちからのもので、最後まで読むにはしのびないほどでした。その大半は、あの広告の要《かなめ》である資産にあえて触れないのが得策だと考えたようでしてね。わたしに言わせれば、あなたも同意見だろうが、それは猫かぶりもいいところで、あまりにも稚拙な反応です。無論、資産に触れた人もいるにはいたが、その場合は資産だけではなく、相手が若くて、美男で、自分を愛してくれること、という条件もついていた」

男はそこで言葉を切ると、考え込むようにグラスを両手のあいだで転《ころ》がし、それから続けた。

「人がバランス感覚を失うさまには興味深いものがあります。たとえば今回のように、貧しい未婚女性を対象に驚くほど好条件の求縁広告を出すとする。広告でしか夫を見つけられないような、いうなれば哀れな女性たちに向けて。あなたのことじゃありませんよ、メーナーさん。あなたは違います。その種の広告に応じる女性はだいたい考え方も似通っていて、生活さえ保証されるなら、相手が引退した役人でも気難しい病人でも満足するものです。郊外の小さい家や、食料品店の奥で暮らせるとなれば、それだけで彼女たちは夢を見られる。だがそこで〝金〟という言葉を出してしまうと、とたんにおかしくなる。いわば呪文ですね。彼女たちは金のにおいを嗅いだだけで酔ったようになり、いきなり身のほど知らずの保証を要求しはじめる。

いやまったく、応募の手紙の山で心理学の勉強をしたようなものです。それだけに、あなたの手紙にはすぐ心を奪われました。あなたは胸がすくほど率直に金銭上の問題を取り上げた。また、戦争でご家族を全員亡くされたとなれば、どれほど泣きごとを書き連ねてもおかしくないのに、そうしなかった。感傷的な人はどうも苦手なので助かりました。ドイツ女性には少なからずそういう人がいるので、うっかり苦手などとは言えないが、しかしあなたは違うともうわかっていますから」

そして敬意を表して軽く頭を下げた。

「しかもあなたは、なにごともただではないことをわきまえている。その分別も賞賛に値します」

「でも、それがわたしだけとは思えません」

「ええ、じつはほかにも三人、同じ理由でわたしの目に留まった女性がいます。三人ともあなたと同じように招待に応じてくださり、この数日でゆっくり話をしました。正直に申し上げれば、選択肢としてはあなたがいちばん最後です」

ヒルデは少々たじろぎ、思わずこう訊いた。

「その人たちもいまここに、このカールトンに？」

「います。ですがご心配なく。会議じゃあるまいし、誰も参加者バッジをつけていたりはしませんから。あなた方が互いにそれと知って顔を合わせることはまずありません」

「そうですか」と応じたのに続けて、ヒルデは心に思うまま、そのなかで一番になった人が選ばれるのね！ と叫びそうになったが、我慢した。それはあまりにも当然で、言うまでもないことなのだから。

「メーナーさん、ほかにも候補者がいるという状況で、わざわざお越しいただいて申し訳ない。しかしこればかりは手紙のやりとりでは埒《らち》が明きませんので」

「不満などありません」

「では、緊張がほぐれてきたところで、あなたがこの結婚になにを期待しているのかお聞かせ願えますか？」

　ヒルデは唾をのんだ。

　なにごとも予想どおりにはいかないもので、目の前の紳士は花婿候補というよりむしろ感じのいい精神科医のようだ。机の上で手を組み、微笑みを湛《たた》えてこちらを見ていて、忍耐強く患者の話を聴こうとしている。

「あの……」と言い淀んだが、男の態度はまったく変わらず、励まそうともしない。「手紙に書いたことがすべてです。女の独り暮らしなどたかが知れたもので、あれ以外にあなたにお聞かせすべき考えなど思い浮かびません」

「ああした新聞広告には、よく応募を？」

「とんでもない！　今回は例外中の例外です」

「ではもう一度お尋ねします。あなたはこの結婚になにを期待していますか？」

「ですからそれは……あなたが差し出されたものです。贅沢《ぜいたく》、快適な暮らし、そして旅」

「お金がとても大事なんですね？」

「そうじゃないのはお金持ちだけだと思いますけど」

「では、それを手にするために、あなたはなにをしますか？」

「おかしな質問ですね。こちらの条件を聞くためにわざわざ遠くから呼んだわけじゃないでしょう？　むしろそちらの条件をのませるためでは？」

「うまい切り返しだ」

「こちらからも伺っていいですか？　あなたこそ、この結婚になにを期待しておられるんです？　こちらにはなにも差し出すものがないのに」

「いや、質問するのはわたしであって、あなたじゃない。そこをくれぐれもお忘れなきよう。手紙によれば、あなたは相手がどんな、ええ……状態であっても、妥協できるとお考えでしたね。障害があっても、性格に難があっても、病気でも乗り越えられると。そう書いておられたと思うが」

「ええ、書きました」

「それはもしや、気に染まない相手だったら、愛人をつくればいいと思ったからでは？」

「そんな、とんでもない。恋愛なんか興味ありません。三十四歳ですから、恋愛などもう過去のものです。わたしが欲しいのはそういう喜びじゃありません。あなたのおっしゃりたいのが貞節なら、問題なくお約束できます。わたしにとっては貞節などなんの犠牲も意味しません。いい暮らしがしたいだけです。ひと月が十日しかないなんて、もううんざりで」

「十日？」

「どうやって家賃を払おうか、新しい靴はどうしたら買えるのかと頭を抱えずにすむ日は、月に十日くらいしかありません。配給に頼らず暮らせたらどんなにいいかと思う毎日です。

ですから欲望が向かうのもそちらだけで、それを十分満たすにはそれこそ何年もかかりそうなくらいです。青春のすべてを犠牲にしたので、どうにかして埋め合わせをしたいんです。不平じゃありません。事実を言っているだけです。今回ようやく、あなたの広告が巻き返しのチャンスをくださった。それなのに、そんなわたしが、雲をつかむような恋愛のためにチャンスをふいにすると思います？　ありえません！　こういう助けの綱が下りてくるのを何年も待っていました。そしてそのあいだ、もし下りてきたらどうしようかとさんざん考えたので、いまなら断言できます。チャンスをつかむためなら、いやなことなどなに一つないと」

彼女がそう言いきったあと、どちらもしばらく口を利かなかった。

「きっとこんなこと言うべきじゃないんでしょうね。でも、残念ながら外交手腕のかけらも持ち合わせていないので。手段を選ばぬ男たらしとでもお思いでしょう。でも……」と無意識に声を落とした。「あなたがあの広告を出されたのは、わたしのような女を見つけるためなのでは？」

「どうぞ、続きを」

「大金と引き換えということは、相手は化けもののような人か、ひどく偏屈な人に違いないと思っていました。ところが現われたのがあなただったのでほっとしたものの、今度はあなたがあまりにも魅力的で、かえって不安になってきました」

男は黙ったまま、続けるように手で促した。

「あなたなら資産など持ち出すまでもなく、望みの女性を手に入れられるはずです。だとしたらなぜあんな広告を出したのか」

「鋭いな。その頭のよさを頼みに、たったいまあなたが口にした言葉をあえて繰り返させてもらいますが、チャンスをつかむためなら、いやなことなどなに一つないというのは、かなり危険な考えだとわかっていますか？」

「でも、ほかの誰かに聞かれるわけじゃなし。それに、もしこの件が次のステップへ進むとしたら、わたしの考えがあなたの意図に合っていたということですよね？」

「そこまで現実主義に徹しているなら、誰ともわからぬ人間の広告に応じるなど、いささか軽率だと思われませんか？」

「冒険にリスクはつきものです。それに、なにももっていないわたしがこれ以上なにを失うっていうんです？」

「なにもないからこそ、なにもかも手に入れたいと？」

「ええ、とにかくできるかぎりは」

「どんな手を使ってでも？」

「なんだか詐欺にでも手を染めろとおっしゃりたいような口調ですね」

「いや、まさか。そんな俗っぽい想像をされるとは、どうやらわたしの言い方がまずかったようだ。限られた時間で少しでも深く知り合おうとするのは、なかなか難しいものですね。あなたが本音を聞かせてくれるので、こちらも単刀直入に切り込んでみたんだが」

「いずれにしても、あなたご自身については、わたしにはなんの不満もありません。肝心なのはそれ以外の条件を話し合うことなのでは？」

「いま『詐欺にでも』と言われたが、詐欺は許されないとお考えですか？」

ヒルデは一瞬答えに詰まり、こんな微妙な訊き方をするのは、罠だからではないかと思った。

「詐欺が問題なのは、結果的に裁判沙汰にならざるをえないという点です」

すると男が笑いだしたので、ヒルデは驚いて相手の顔を見た。

「まったくもって変わった人だ。この結婚はまさにあなた向きかもしれない」

「わたしもそう思います。それに、正直なところ、相手があなたのような方だとは思ってもみませんでした」

「思わなくてよかった。というのも、相手はわたしではない」

「え？」

「わたしはただの見定め役です」

「そんなばかな！」

ヒルデは思わず立ち上がった。

「まあ、おかけなさい。腹を立てるようなことじゃないでしょう。あなた自身、大富豪と結婚できるとしたら、それは鉄道員や商店主との結婚とはわけが違うと知っているはずだ。それには相応の才覚が要《い》る。もちろん素質がなければならず、それについてはあなたは合格だが、それだけでは足りない」

「じゃあその謎の花婿は、いったいどこに？」

「それについてはのちほど、あなたの気持ちに変わりがなければ話しましょう。その前に、肝心なことを決めなければならない」

ヒルデはますます驚き、当惑のまなざしを男に向けた。

「メーナーさん、どうやらあなたこそわたしが探し求めていた人のようだ。失礼ながら、花婿についても、わたし自身についても、いましばらく名前を伏せさせてもらいますが、それ以外ではあなたを見習い、手の内をお見せします。われわれのあいだで駆け引きなどもはや無用でしょう。いいですね？　では聞いてください。わたしは世界でも指折りの資産家の秘書をしていて、右腕としてその人物を支えています。彼が大資産家だというのは紛《まぎ》れもない事実です。ただし高齢で、病身で、とびきり気難しい人間で、周囲が笑顔で耐えているのは、ただもう金の力のなせる業《わざ》です。わたしは長年仕《つか》えてきたので、彼のことは知り尽くしている。彼のもとで重責を担い、彼のために働き盛りの年代を犠牲にし、彼の人生のために自分の人生をあきらめ、その気まぐれにも——それも少々の気まぐれじゃない――酷なあしらいにも耐えてきた。どんなささいな要望も予測して対応し、病の看護をし、彼の気晴らしにまで気を配ってきた。要するに、彼のもとで働きはじめて以来、一瞬たりとも気を緩めずに滅私奉公《めっしほうこう》してきました。

これが大物である彼のための仕事でなければ、これほど身を入れることもなかったでしょう。かといって愛他主義者でもないので、当然のことながら努力に見合う報酬を得られるものと思っていました。わたしの地位を羨《うらや》む人は多いだろうし、たしかに給料は悪くないが、実態は奴隷《どれい》同然です。とはいえ、いま言ったように、雇い主にとってなくてはならない存在になっているからには、いずれ報われるはずだと信じ、静かに待っていた。ところがある偶然から、どうやらそうではないことがわかりました。わたしの雇い主は、いまも言ったように高齢で、病身で、しかも独り身なので、最近になって遺言書を作り、その際たまたま内容を見る機会があって、わたしへの遺贈の額がわかったんです。

つまり、いま六十二歳のわたしは、そのうち二十年もの歳月を〝恩知らず〟のために費やしたとわかったわけです。彼の資産はすべて、その名を冠した慈善事業に使われることになっています。人類の未来を案じてのことではなく、それしか自分の名を後世に残す方法がないからですよ。彼の名はネオンサインとなって輝き、設立される財団の全事務所に彼の大理石の胸像が置かれることになる。そこでわたしは、この流れを変える方法はないものかと知恵を絞りました。答えは一つしかなかった。それであの広告を出したんです」

ヒルデは身動きもせず話に聴き入っていた。

「いま言ったように、彼のことなら知り尽くしているので、思うがままに操れます。つまりわたしが言うとおりに動けば、あなたは大金を手にできる」

「でも、それじゃあなたが……」

男は笑みを浮かべ、机の上のランプをつけた。

「わたしが大金を手にするには、まずあなたが大金を手にする必要がある」

「わかるように説明してください」

「そのためにこうして会っているんじゃありませんか。いいですか、彼が独身のまま死んだら、資産は国と慈善団体に帰属します。だがあの年齢ともなると、少々知恵の働く女性なら、独身を返上させることも不可能ではない。そしてわたしとその女性が手を組めば、資産をそっくりいただくことができる。ではその役を誰に頼むかですが、面識のない女性のなかから探すしかありませんでした。そもそも彼は人間嫌い、特に女嫌いです。それに面識のある女性といえば社交界の人間で、みな彼に及ばずともそれなりに裕福ですから、あの気難しさに耐えてまで資産を増やそうなどとは思わない。それ以外の女となると、彼の場合、相応の金を払って数日呼ぶのがせいぜいで、それ以上長くそばに置いたことはありません。彼はこのところめっきり老け込み、体調が芳《かんば》しくない日が増えていて、わたしも自分の老後を考えざるをえなくなった。もう一度言いましょう。わたしは彼のことを知り尽くしている。なにが好きで、なにを忌《い》み嫌うかも、奇妙な癖も、すべて心得ています。あなた一人ではなにもできないが、わたしと組めば、彼に近づき、その傍らに座を占めることができる」

「それで、もしそうなったら、あなたのためになにをしろと？」

「その座に着くことができたのはわたしのおかげだと覚えていてもらいたい。つまり謝礼を頂戴する。いまの雇い主よりましな謝礼を」

「謝礼？」

「端的に言いましょう。現状では、彼の死後わたしが受けとるのは二万ドルです（現在価値でおよそ二十万ドル）。ああ、わかってるからそんなに目を丸くしないで！　そう、大金ですよ、あなたから見ればね。だが彼にとってはそうではない。わたしも前からこの額を知っていたら、あれほど懸命に働きはしなかった。そこでだ、あなたが大資産家の妻になれたら、彼の死後、二万ドルとは別に、本来支払われて然るべき金額を払ってもらいたい。具体的には二十万ドル。わたしにとってはいい取り引きで、あなたにとっては夢のような話だ」

「でもその人の病状は、いまにも死にそうなほど悪いわけではないんでしょう？」

「幸いなことにね。そうでなければ最初から計画が成り立ちませんよ。あなたを妻に迎えさせるのに、どうしたって少しは時間がかかりますから」

「いえ、もっと、十年くらい死なないかもしれないでしょ？」

「彼はもう七十三歳です。それ以上なにを望みます？　遺産相続人になると同時に、花婿には死の床にあってほしいと言うんですか？　あなたは途方もない金持ちになるんです。彼と結婚しなければ垣間見る《かいまみ》ことさえかなわないような暮らしをするんです。それに、わたしの言うとおりにしていれば、待ち時間も十分快適に過ごせるはずだ。わたしが仲間であることをずっと忘れずにいてもらいたいですね。肝心なのはそこです」

「胸に刻んでおきます。それにしても、わたしのために全財産を手にすることをあきらめるなんて、なぜそんなことを？」

「あなたのためにあきらめるわけじゃない。あなたと組む以外に手がないんです。あなたの協力がなければ結局二万ドルしか手にできない。しかしあなたが協力してくれれば、さらに二十万ドル手にできるかもしれない。これは試す価値がある。いかがです」

「驚きました。まさかこんなこととは思いもよらなくて」

「でしょうね。いま提案したことをぜひ考えてみてください。そのうえで明日お返事をいただきたい」

「でも、まだわからないことが――」

「要点は言いました。話がまとまれば、もっと細かいこともご説明します」

男はそう言うなり立ち上がり、今日はこれまでと態度で示した。

ヒルデガルトはいささかあっけにとられたが、自分も立ち上がるしかなかった。

「では明日、同時刻にここでということで、いいですね？」
「はい」
「メーナーさん、お目にかかれて光栄でした」
「こちらこそ」

翌日も同じ儀式が繰り返された。バラは赤から白に生け替えられていて、婚約が近いことを告げる吉兆《きっちょう》に見えた。

ヒルデは朝のうちに靴屋でパンプスを買ったが、それもまた新生活の始まりの象徴のように思えた。昨夜は眠れなかったので、たっぷり時間をかけてこの件をあらゆる角度から考えてみた。そして結局のところ、こういう展開でよかったのではないかと概《おおむ》ね満足していた。お伽噺《とぎばなし》など信じていないので、あの広告には書くに書けない不愉快な裏があるのだろうと覚悟していたが、こうしてわかってみると、悪くない話だと思えてくる。一人で敵地に乗り込むわけじゃなし。あの人は、「わたしと組めば、彼に近づき、その傍らに座を占めることができます」と断言してくれた。つまり話がまとまりさえすれば、あとはあの人が頼れる味方となり、こちらがへまをしないように助けてくれる。

二人の利害は一致しているし、どちらも単独ではなにもできない。二十万ドル支払うという条件もむしろ歓迎で、自分が世界有数の資産家になろうというのに、その手助けをしてくれる人間がわずか二万ドルしか手にしないとしたらかえって不安だ。だがそう考えながら、早くもわずか二万ドルと思っている自分に気づき、こんなにもすぐに慣れてしまうなんてと驚いた。そこへ昨日と同じ女性秘書が出てきたので、考えごとはそこまでになった。

「メーナーさん、どうぞお入りください」

ヒルデは立ち上がり、広い客間に入った。

男は今日はグレーのツイードジャケットで、昨日より若く見えた。それに、昨日は気づかなかったが、少し日焼けした肌に明るい目が映《は》えている。

男は笑顔でまた肘掛け椅子を勧めた。

「ゆっくりやすまれましたか?」

「じつは朝まで一睡もできませんでした。昨日伺ったことをずっと考えていて」

「それで、あなたの結論は?」

「この話をお受けします」そこで少し間を置いてから、こう続けた。「あなたに異論がなければですけれど」

「決心していただけて、こちらも喜ばしいかぎりです。ではほかの候補者には帰ってもらいましょう。三人は夢破れて去っていく。なんとも気の毒なことですが」

ヒルデは少々当惑し、中途半端に笑ってしまった。

「ところで、顧問弁護士はいらっしゃいますか?」

「いえ、そんな、なんのために?」

「では取り引きや契約はどうされているんです?」

「ですから、何度か申し上げましたけど、余裕のない暮らしで、そうしたものとは縁がありません。契約なんて今回が初めてですし」

「そうですか」

男は指先でもてあそんでいた鉛筆を握り、なにか書きはじめた。

「指名したい弁護士は?」

「誰も知りません」

「では依頼を受けてくれる人をこちらで探しましょう。あなたに関する公的な書類を見せなければなりませんが、どんなものがありますか?」

「身分証明書と、配給手帳くらいしか」

「しかし結婚となると、さまざまな書類が必要になりますよ。出生証明書や前科調書、ほかにも山ほど」

「そんなこと、考えてもみませんでした」

「早急に取り寄せられますか?」

「いえ、たぶん無理です。なにしろ生まれがハンブルクですから、役所も爆撃を受けて、記録文書のたぐいはほとんど失われてしまったんです。もちろん手紙で申請してみますけど、受けとれるとしても相当時間がかかってしまうのでは……」

「たしかにそうですね。では、別の方法をとりましょうか。手続きの問題をあらかた解決できる方法です」

そう言うと、男は机の引き出しからファイルを取り出した。

「天涯孤独のあなたを、わたしが養女に迎える」

ヒルデはぽかんと男の顔を見上げた。

「え？」

「養女にします。あなたは法律上のわたしの娘になる。いかがです？」

そしてファイルの上で手を組み、にっこり笑った。

ヒルデは不意をつかれ、わけがわからないままこう言った。

「そこまでしていただけるなんて……」

「いや、勘違いは困ります。わたしは慈善家ではなく実業家です。あなたに賭けることに異存はないが、担保《たんぽ》はとらせてもらいたい。そのための提案です」

「それはどういう……すみません、頭が悪くて」

「金のためならなんでもするというあなたの覚悟のほどは、まさしくわたしの養女にふさわしい。しかしその覚悟は諸刃《もろは》の剣《つるぎ》でもある。あなたのいまの誠実さを疑ってはいません。

あなたが結婚するまでは、自分同様に頼れると思っています。しかし結婚したら……どうなると思います?」

「………」

「若い妻が老いた夫を操るのはいともたやすい。無礼な秘書にしつこくつきまとわれて困っていると信じ込ませるのに、なんの苦労があるでしょう。だがそうなったらわたしは、忠実な奉公人であるわたしはどうなるか」

「そんなこと、絶対にしません!」

「誰でも最初はそう言うんです」

「でも、養女にすることがなぜ担保になるんです?」

「少し考えればわかるはずです。いや、実際に担保として振りかざすことなど考えちゃいませんよ。あなたが約束を忘れた場合に備えて、手元に残しておく切り札にすぎません。とにかく、いざというときわたしが父親だとわかれば、あなたの主張は崩れる。この世で大事なのは娘だけというよき父親が、その娘に言い寄ったりするわけがない。あなたの夫は死んで初めて理想の夫になるわけで、あなたはそこでようやく解放される。となると、そのときなにもかも自分の思うようにしたいと思い、約束を反故《ほご》にしないと誰が断言できますか?」

「信頼というものがあるじゃありませんか」

「どこに？」

「あの、養子縁組をお断わりしようというんじゃありません。ただ驚いただけです」

「それはなによりだ。だってそうでしょう。家族という絆《きずな》に勝るものはない。利害が絡む場合はなおさらのことです。たとえ疎遠《そえん》になり、仲違《なかたが》いし、憎み合うことがあっても、親子関係は切れません。相手が若く裕福な女性なら、ヒモになるより父親であるほうがずっといい」

ヒルデは肘掛け椅子に背を預け、脚を組んでから尋ねた。

「それで、〝わたしの花婿〟にはいつ会えるんです？」

「まず一つには、あなたに磨きをかけてから」

「まあ、ずいぶんな」

「いや、あなたは美人ですよ。だがいまのままではそれを周囲に気づいてもらえません。気づかせるには、ヘアメイクも、化粧も、装いも、立ち居振る舞いも学び直す必要があります。カクテルの作り方やさりげない会話も心得ていなければならず、株、国際政治、競馬についてもごく自然に話ができなければならない。つまりかなりの教養が必要なわけですが、この歳になるとピグマリオンの役を務《つと》めるのはむしろ楽しみですから、わたしに任せてください。それからもう一つは、わたしたちのあいだでちょっとした実務上の問題を片づけておくこと」

「おっしゃるとおりにします」

「ありがたい。ではわたしに代わってここに座ってください。手紙を書いてもらいます」

「誰宛の？」

「わたし宛の、あなたの直筆《じきひつ》の手紙です。ただし、いよいよというときにあなたが二十万ドルの支払いを拒《こば》みでもしないかぎり、使うつもりはありません」

「そのことなら昨日異存はないと申し上げましたが」

「ええ、それを書面にしていただくだけです。万が一あなたが忘れたとき、わたしが自分を守るために使うだけです。それに、いまのあなたを縛るものではありません。結婚後の名前で署名してもらいますから。あなたが資産を手にして、わたしに約束の金を支払えば、この手紙はお返しする。もし支払われなければ、この手紙を法廷に持ち出さざるをえなくなる。この計画はあなたの誠意一つにかかっているわけですから。それさえ忘れなければすべてうまくいきますよ。さあ、こっちへ。そのほうが書きやすい」

ヒルデは立ち上がり、男の前を通るときその目をまじまじと見た。すると相手は彼女の両肩に手をかけて引き止め、正面から見て言った。

「わたしを信じてください。昨日わたしはあなたを信じた。だからこそ手の内を見せたんです。この件でわれわれはすでにパートナーだということをしっかり頭に入れてください。疑ったり、裏をかこうとするなら、その時点でこの件は打ち切りにさせてもらいます。代わりのきかない役割などなく、ほかの三人もまだホテルにいます。いいですか、この計画を進められるのはわたしだけだ。わたしとの縁が切れたら、あなたは翻訳と郊外の集合住宅に逆戻りです」

「なんと書けばいいんでしょう」

男は光沢のある大きめの便箋を取り出し、万年筆と一緒に差し出すと、机の前を行ったり来たりしながら文面を口述しはじめた。

「『お父さま、ここに二十万ドルの小切手を同封します。これが最初の小切手ですが、結局のところ最後のものとなるでしょう。お渡しするのは主人が亡くなったからです。これであなたの良心の呵責《かしやく》が和《やわ》らぎますように』」

「これはどういう意味？」とヒルデは顔を上げた。

「もう少し論理力を養ってもらいたいな。あなたの夫が死去した場合、父親であるわたしが自分の遺贈分の二万ドルより多くもらえないかと娘にねだるのは、それほどおかしなことではないでしょう。何度も言うようだが、そもそもこの手紙は、あなたが約束を反故にしたときへの備えでしかない。その場合わたしは、あなたに有利に書き換えられた遺言書は偽物だと申し立てるつもりで、この手紙はそのための材料の一つにすぎません。わたしにもリスク回避の手段が必要です。この結婚のために尽力するのは、ひとえに二十万ドル受けとるためなんですから。あなたの誠意に保険を掛けるのは当然のことです」

「続きをどうぞ」

男は口述を続けた。

「『この出来事も時が経てば忘れられるでしょうし、この小切手でお父さまも心穏やかにお過ごしになれるでしょう。親愛なるあなたの娘、ヒルデガルト・コルフ＝リッチモンド』。さあ、これで、今後あなたのものになる二つの名前がわかりましたね？　自己紹介が遅れましたが、それも致し方ないこととすでにおわかりでしょう。わたしはアントン・コルフといいます。小切手のほうは、あなたが個人口座を開き次第、わたし宛に一枚切っていただきます。いまはとりあえず、取り違えがないように、封筒にわたしの名前を書いておいてください」

そして住所を言ったので、ヒルデはそのとおりに書いた。

「ありがとう。次はこちらの書類に署名を」

「これは、なんの？」

「養子縁組の書類です」

「それも準備してあったんですか？」

「もちろん」

ヒルデは申請書のたぐいにサインしながら、顔を上げずに訊いてみた。

「もしや、あなたもドイツ人？」

「ええ。しかもハンブルク出身です。このチャンスはぜひ同郷の女性につかんでほしいと思いましてね」

「ご結婚は？」

「独身です。ですからあなたの父親にはなれても、それ以外の家族は提供できない」

「それで、このあとわたしはどうすればいいんでしょう」

「準備してください。ドレスや香水を買うんです。いや、こちらから助言するまでもないでしょう。女性は誰でも、身支度をどうしたらいいか心得ているはずだ。あ、一つだけ。リッチモンドは緑が嫌いです。覚えておいてください」

翌日からヒルデガルトは、王女の嫁入り支度かと思うほど念入りに準備を進めた。もちろん緑色を避けることを忘れずに。そして早々に、女はおしゃれをしただけで、街行く人に振り返ってもらえるようになるのだと知った。

彼女はもともと美しい髪をしていたが、腕のいい美容師が上品で個性的なヘアスタイルを考えてくれたおかげで、その美しさがいっそう引き立てられた。週に二回マニキュアをするようになり、香水はロシャスで、ストッキングはディオールで買うようになった。

そうやって少しずつ優雅な暮らしに慣れていった。

毎夕三〇六号室へ行き、アントン・コルフと差し向かいで食事をし、同時に教養を身につけるべく指導を受ける。

ヒルデガルトはのみ込みが早く、社交界の人々、株式仲買人、あるいは使用人にどう接すればいいのかを短期間で頭に入れた。

バカラの遊び方も覚えたし、株のしくみについても手ほどきを受けた。

ただし外出は最小限で、日中もほとんどホテルで過ごした。

「誰にも顔を知られないほうがいい」とアントン・コルフに言われたからだ。「リッチモンドには、自分がこの女性を見つけたと思わせる必要があります。そしてもちろん、あなた方の出会いは周到にお膳立てする。あの年齢の男性と結婚にこぎつけるには、なんといってもひと目惚れさせるのがいちばんなので」

「でも、ひと目惚れなんて、狙ってできることじゃないでしょう?」ヒルデは不安になった。

「男の想像力こそ、女にとっての最強の切り札です。相手の想像力をかき立てること。それができればうまくいきます」

「でもその人に、リッチモンドさんに、その手が通じなかったら?」

「ハンブルクに戻って翻訳の仕事を続けるしかありませんね」

「わかりました。すべてあなたの言うとおりにします」

「でしたらきっとうまくいく」

そして一日、また一日と、ゆっくり時間をかけて、コルフは彼女を変えていった。少しずつ、こうあるべきだと思う姿に近づけていった。ただし大事なのはもっぱら容姿であって、知性を磨こうというのではない。知性ならコルフが二人分もっていて、それで十分だったのだから。

カール・リッチモンドは今日も車椅子の上で癇癪《かんしゃく》を起こしていた。葉巻が切れていたのが原因だ。

先ほどから昼食を中断してどなりつづけていて、料理はほぼ手つかずのまま冷めつつある。そのうちとうとう自分で車椅子の向きを変え、そのままテーブルを離れてしまった。

その少しうしろでは、白い制服姿の三人の若いジャマイカ人が首《こうべ》を垂れ、またかという顔で侮辱の言葉に耐えていた。なにごとも慣れてしまえばどうということはなく、三人にとってはお決まりの行事でしかない。

こういうときリッチモンドが使用人に浴びせる台詞《せりふ》は決まっていて、すでに〝猿〟〝下衆《げす》〟〝悪魔の手先〟などが出たので、長台詞もそろそろ終わりに近いとわかる。残るは、周囲から理解されない富豪の孤独についての愚痴、つまり自己憐憫《れんびん》のくだりだけで、いよいよそこに差しかかった。

「おい、下衆ども、こんなクズの集まりに囲まれて生きなきゃならんのがどれほど不愉快か、おまえたちにわかるか。まったく、揃いも揃って役立たずばかり。おれが死んだら死肉にありつこうと狙っているな、ハゲタカめ！　だがなにもやらん！　忠勤のかけらもない阿呆どもに金など残すものか。いいか、こっちは病人だぞ！　必要なのは休息と安静で、苛立《いらだ》ちじゃない。医者にも言われているんだ。苛立ちは体に悪いとな！」

怒りのあまりそこで声が嗄《しゃが》れ、少し間が空いた。

「出ていけ！　一人にしてくれ。もう慣れっこだ。どいつもこいつも年寄りを見くびりおって。だがな、こっちもおまえたちなんか知ったこっちゃない！　おれは金持ちで、おまえたちはいやでも仕えるしかないんだからな」

そして金の懐中時計を取り出すと、大きく腕を振って壁に投げつけた。

「とってこい！」

ジャマイカ人の一人が苦笑いをかみ殺して飛んでいった。そして時計を拾って両手で捧げ持ち、ちょっと見てから沈痛な面持ちで首を振った。

「壊れたようです」

リッチモンドは戻ってきたジャマイカ人から時計を取り上げると、ひっくり返したり耳に当てたりして調べた。すでに怒りは収まり、口元に笑みが浮かんでいる。

「たしかに機械は壊れたようだな」と彼は言う。「だが金のケースは上物だし、竜頭《りゅうず》のダイヤは値が張るぞ。そうとも、こいつには宝飾品として相当な値打ちがある。修理に出すべきだろうが、体調が悪くてそれも面倒だから、誰かにやるとしよう。そうだ、おまえたちのうちの誰かにくれてやる。忠勤への褒美だよ。欲しいやつは？　いや待てよ。一つしかないから勝手に決めると妬《ねた》みのもとになりかねん。ここは勝負で決めるとするか。勝った者にこれをやる。どうだ？」

三人は無言のままへらへらした。

「ようし、決まりだな」リッチモンドはそう応じると、目を細めてにんまりし、「いちばん犬のものまねがうまいやつを勝ちとしよう。まずはおまえから」と車椅子の近くにいた一人を指さした。

ジャマイカ人は気をつけの姿勢をし、さっそく吠えはじめた。

リッチモンドはそれを見ながらよしよしと頷き、ほかの二人の視線は主人と仲間のあいだを行ったり来たりした。

「まあまあだな。しかし想像力が足りん。次はおまえ、やってみろ！」

二人目は声をかけられるなり四つん這いになり、猟犬のように鼻を鳴らしはじめた。途中で急に動きを止め、頭を上げたかと思うと、また激しく鼻を鳴らしながら車椅子の車輪を嗅ぎまわり、家具の周囲を回り、さらにはソファーの足元で穴を掘るまねまでした。

「もっとうまくやれるか？」とリッチモンドが最後の一人に声をかけた。

三人目は憎しみの目を伏せて頷き、やはり四つん這いになった。そしてすぐさま車椅子までやってきてリッチモンドの手を舐《な》めると、這いつくばったままだった二人目に近づいてにおいを嗅ぎ、本物の犬そっくりのすまし顔で小便をかけるまねをした。

「うまい！」とリッチモンドは手をたたいた。「すごいぞ！　そっくりだ。ついでに餌も食ってみろ」

そして車椅子をくるりと回してテーブルに戻った。皿には骨付き肉と脂身が何切れも残っていて、彼はそれを指先でつまみ、三匹目の犬のほうに手を伸ばした。すると犬はちんちんしてくわえ、さらに前脚で宙をかきながらもっとくれと吠えはじめた。

リッチモンドはこの遊びがすっかり気に入り、大喜びで脂身の残りをひと口ずつ、全部なくなるまで三匹目にやった。犬は全部のみ込むと、また吠えはじめ、そこでようやくリッチモンドは満足し、その犬に腕時計をやった。

犬はたちまち人間に戻り、もらえなかった二人は口惜しげな視線を仲間に投げた。

「船長を呼べ」とリッチモンドが命じた。

三人のジャマイカ人は頭を下げ、列をつくって出ていった。

一人になると、リッチモンドは車椅子を転がしてバスルームへ行き、手を洗い、乾かし、香水を振りかけた。

ああいう連中はどんなおかしな病気をもっているか知れたもんじゃない、と思いながら。

それから鏡の前で髪に櫛《くし》を入れると、左目を鏡に近づけて観察し、二日前から出はじめた膿《うみ》状の目やにがまだ止まらないことに少し不安を覚えた。最後に鏡に向かってにっと笑い、入れ歯がひどく黄色いが、まあよかろうと満足し、車椅子を回した。ダイニングルームに戻ると船長が待っていた。

「入る前にノックくらいしろ」

船長は帽子を小脇に抱え、反射的に姿勢を正した。

「お呼びでしょうか」

「カンヌにはいつ着く」

「遅くともあと二日で入港できます」

「なにか知らせは？」

「いえ、なにも」

「なんのために無線を積んでるんだ！　まったく、誰もわたしのことを気にかけていないとはな」

「この大きさの船には無線機の搭載が義務づけられています」

「アントン・コルフもなにも言ってこないか」

「この三日間連絡がありません」

「医者にはたしかに打電したんだろうな」

「医者とおっしゃいますと？」

「この目を診せるためだ、ばかもん！　ヨーロッパ一の名医を呼べ。そこらのやぶに任せられるもんか。有名なやつを呼んでこい。おい、正直なところどう思う？　昨日よりひどくなってないか？　近づいてちゃんと見ろ！　うつるわけじゃなし」

そしてせっかちに、相手の脚にぶつかりそうなところまで車椅子を寄せた。

船長は大げさな病人のほうに身をかがめて左目を観察し、無表情のまま身を起こした。

「そうですね」

「なにがだ」

「膿が前より多いようです。ご心配がそのことなら」

「重症だと思うか？」

「門外漢ですので」

「とっとと失せろ！」

「仰《おお》せのとおりに」

船長はすぐさま踵《きびす》を返し、帽子をかぶると振り向きもせずに出ていった。

リッチモンドはまた暇つぶしを失い、途方に暮れた。彼にとっての悲劇はそれだ。時間を持て余してうんざりしていながら、余命いくばくもないと思うと無性に腹が立つ。

仕方なく、自分用のジグソーパズルを広げてある別室まで車椅子を転がしていった。

この船はなにからなにまでリッチモンドの病状に合わせて設計されている。車椅子なしの生活は二度と望めないので、船内の設備もそれを考慮したつくりになっている。家具はどれも小さめで、壁に取りつけられ、車椅子の邪魔にならないようにしてあるし、舷窓も通常の丸窓ではなく大きな窓で、車椅子でも海が見やすいようになっている。だがリッチモンドが海を見ることはない。海が好きで航海しているわけではない。では旅が好きなのかというと、それも違っていて、寄港しても船を下りることはめったにない。いまのリッチモンドの唯一の楽しみは、領地に君臨する領主のように船上で人々を侍《はべ》らせることだった。この閉ざされた奇妙な世界なら、リッチモンドはすべてを知ることができる。スパイを放って誰が味方で誰が敵かを調べるのも簡単だ。なんといっても敵が存在することが重要で、自分を憎んでいる相手を探すのが生きがいになっている。

そういう相手をこっちは意のままにできると思うと気分がいいからだ。

しかしながら、カール・リッチモンドは根っからの怪物というわけではない。

ハンブルク生まれのドイツ人で、事業の都合でアメリカに帰化し、そこで巨万の富を築いた。まずは手に入れた土地にたまたま油脈が走っていたという強運により、次いでそれを要領よく開発できたという手腕によりもたらされた富だった。つまり運の強さと立ち回りのうまさが彼の武器であり、そのおかげで大成功を収めたわけだ。

大戦間期には同胞、なかでも同郷のハンブルク出身者と手を組んでかなり危ない橋を渡り、アメリカ政府から要注意人物としてマークされたこともあったが、機を見るに敏なりッチモンドは二股をかけてうまく立ち回り、どうにか尻尾をつかまれずにすんだ。

また、厳しい選挙戦の際に積極的に資金援助をし、何人かの政治家から恩人と拝《おが》まれるようになった。彼らは自分たちの地位の安泰のためにリッチモンドを必要とし、当然のことながら守ってもくれたので、リッチモンドの立場も万全なものとなった。

とはいえ、彼は一つところに腰を落ち着けるようなことはしない。一匹狼として自由に動く楽しみを捨てることはできず、あるときはサウジアラビアの革命に投資し、またあるときはギリシャの共産党に銃を売った。こっちを支援したかと思うとあっちを裏切り、一人でチェスをするように敵味方を変え、その豹変のなかに面白みとチャンスを見出《みいだ》してきた。

要するに、リッチモンドはかなり孤独な人間で、それは私生活においても変わらない。若いうちに同郷の女性と結婚したが、これといって取り柄のない地味な女性で、周囲は困惑を隠さなかった。病気がちで内気な妻のほうも、大金持ちとの結婚に困惑するばかりで、財産には興味すら示さなかった。結局彼女は死ぬまでこの結婚に馴染《なじ》めなかったし、富などより、子供のいる平凡な家庭に憧れていたことは間違いない。

妻を亡くしたとき、カール・リッチモンドは大いに悲しんだが、それは周囲が知るかぎり、彼が見せた唯一の真の悲しみと言えるだろう。

それから今日までの四十年間、一度も再婚の意思を見せたことがない。

彼は自分に厳しいが、それ以上に他人に厳しく、腹心の部下である秘書に対してもそうだった。一九三四年、ドイツ滞在中にアントン・コルフと出会い、そのときかぎりの秘書として雇った。だがそのたぐいまれな能力を見抜くと手放そうとせず、いまに至るまでずっとそばに置いている。

コルフは分け前を狙う野心家だったが、リッチモンドはそのことを知っていて、あえて野心を煽《あお》ることでコルフに献身的な働きを強いてきた。

遺言書を見せてコルフの幻想を打ち砕くのは簡単なことだが、急ぐ話でもないと先延ばしにしている。遺言書というのはじつに愉快な紙きれで、リッチモンドは開封時にちょっとした驚きがあるように仕掛けている。それを思うと嬉しくてたまらず、自分の目で見物できないのが残念でならない。

リッチモンドの性格がここまでゆがんだのは、ひとえに金のなせる業だ。長い人生のあいだに、彼は金がもつ力をいやというほど見てきた。清廉潔白で知られる人々も、金を二倍にも三倍にもできるリッチモンドの前では態度を変える。金を出せばなんでも買えるし、ほとんどの場合それほど大枚をはたく必要さえない。物以外であっても同じことで、小切手を切ればなんでも手に入る。政治家や女優は言うまでもなく、将軍でも、総裁でも、市場でもっとも値が張るあの〝良心〟でさえ手に入る。これについてはいちいち思い出せないくらいたくさん手に入れてきた。

ところが唯一、彼の生涯にただ一人、金の力ではどうにもできない相手がいた。それが妻だった。

彼女は貧しい男と結婚するように彼と結婚した。取り立てて美しくも賢くもなかったが、愛情と誠意をもって身も心も夫に捧げ、それでいて押しつけがましくなかった。

そう、これまでの長い人生でたった一人。

リッチモンドの周囲に金の意のままになる人々が群がらなかったら、彼ももう少し違う人間になっていたかもしれない。だが誰もがこんなにも卑怯《ひきょう》で、どんな妥協も、どんな裏切りも、どんな汚いやり方も厭《いと》わないときに、彼だけが善良で、公正で、寛大で、金以外の価値を重んじる人間であることは難しかった。

人々は富を司《つかさど》る神の前でひれ伏すかのように、彼の前にひれ伏し、ご立派な魂をむき出しにした。

だからあるとき、ずっと前のことだが——まだ若く、人間嫌いになっていなかったころ——彼は自分にどこまでひどいことができるか試してみたくなった。そこで一度かぎりのつもりで下劣なことをやってみた。ところが一度では終わらず、なんと、こうして老いて病人になり、自分でもうんざりし、なにも信じられなくなったいまでもなお、それを続けている。

というわけだから、彼が周囲に対して少々残酷で、人をもてあそんで楽しむところがあるとしても、あながち彼だけの罪とは言いきれない。

リッチモンドは自分の全長三十メートルのヨットを〈幸運丸〉と名づけ――運のない連中へのあてこすりだが――それに乗って年がら年中大洋を駆けめぐっている。それでいて、二重窓の外で踊る海原にはなんの興味も示さず、何か月ものあいだ一度も目を向けないこともある。

たまにはたっぷり着込んで車椅子ごとデッキへ運ばせ、双眼鏡を首にかけて船上の眺めを楽しもうとすることもあるが、強い海風に息を詰まらせ、早々に退散するのがおちだ。時化《しけ》のときは車椅子を戸棚にしまわせ、自分はクッションと湯たんぽに取り巻かれて大きなベッドに横になる。だがそれも船に酔うからではなく、使用人たちを顎で使いたいからでしかない。

船はだいぶ前にニューヨークを出て、いまやカンヌに近づきつつあった。そこでヨーロッパでの仕事を片づけるとともに、しばらく船を離れていた秘書を乗せる予定で、そのあとはイタリアに寄港する。そしてたぶん、アドリア海やギリシャのあたりまで船を進め、そこから地中海を戻って大西洋を渡り、冬になる前にフロリダに戻るつもりでいる。

リッチモンドは早くカンヌに着いて、腕のいい医者と連絡をとりたかった。いつまでも丸めたハンカチを目に押し当てているわけにはいかない。

それに葉巻も切らしているので、なんとしてもどこかに寄港しなければならなかった。

船が着いたと聞くとすぐ、アントン・コルフはまず一人で乗船すると決めた。パシャ（貴族や高官の称号）のご機嫌を伺い、そのうえでヒルデガルトを登場させるうまいきっかけを探そうと思ったのだ。

いっぽう、報道陣については先手を打ち、バスティーユ襲撃のような騒ぎにならないように工夫した。

だが打つ手がないのが野次馬で、大物の船の到着を見ようと押し寄せる人々を追い払うことはできない。リムジンの後部座席で着岸作業が終わるのを待つあいだ、コルフの耳にはばかげた群衆のおしゃべりがいやというほど聞こえてきて、まったく信じがたい連中だと思わずにはいられなかった。

ようやくタラップが降ろされると、コルフは誰よりも先に乗船した。さっそく船員の一人があいさつしてきたが、コルフは急いでいたので返事もせず、船員室に下りてリッチモンドの世話係の一人を呼び止め、主人に取り次がせた。リッチモンドは退屈していたようで、すぐコルフを部屋に招き入れた。

「さあ来てくれ」コルフを見るなり言った。「これをどう思うね？　正直に聞かせてくれ」

コルフは大いに関心があるふりをして近づき、礼儀を失しないぎりぎりの時間だけ主人の目を観察した。

「すぐに医者を呼びましょう。このまま放っておいてはいけません。ローザンヌのモーレイ先生に来てもらえるよう手配します。いちばん早い便に乗ってくれるでしょう」

「おまえがいてくれて助かるよ。あの間抜けどもときたら、おれが死のうがどうしようが気にもかけないからな」

「航海はいかがでしたか」

「ああ、問題ない。一度嵐があったかな？　酔ったやつがいたからな」

「それであなたは？　ご気分はいかがです？」

「この目に悩まされているよ」

「ええ、わかります。しかしそれ以外では？」

「これだけじゃ足りんのか？　しょせん他人事なんだな」

「いえ、そういう意味ではありません」

「まあいい。それよりブレメールの件はどうなった」

「片づきました。正式に帰化しましたし、あなたの条件をのむそうです」

「葉巻をもってきてくれたか？」

「いえ。ですが、すぐ誰かを買いに行かせますので」

「だめだ。あいつらはろくなものを買ってこんだろう。おまえが自分で選んでくれ」

「わかりました。わたしが行ってきます。ほかにご用は？」

「医者の件を頼む。早く診てもらいたいんだ。カンヌに長居するつもりはないからな。うまく手配して、すぐまた戻ってこい」

コルフは署名が必要な書類をその場に残し、また船を下りてリムジンに乗り、ホテルに戻った。

そして部屋に入ると、一分も無駄にせず、女性秘書にローザンヌへの長距離電話を申し込ませた。ヒルデガルトを船に乗せる絶好の口実を思いついたので、モーレイと直接話をする必要があった。

少しして女性秘書がローザンヌにつながりましたと言うと、コルフは私室につながせ、モーレイ医師に頼みごとをした……。

その一時間後、コルフはヒルデガルトを部屋に呼んだ。

そして改めて、彼女を頭のてっぺんからつま先までじっくり点検した。見事な変貌ぶりだった。いま目の前にいる女性は顔つきにやや険《けん》があり、絶世の美女というわけではないが、それでも気品がある。大いにある。品というのは金で身につくものではないだけに、これは価値がある。

「婚約者と対面する準備はできているね？」

ヒルデガルトは余裕の笑みを見せて頷いた。

「言っておくが、きみの婚約者はいまあまり調子がよくない。だがそのほうがいい。そのおかげできみが入り込むチャンスが生まれた。彼の看護婦になってもらう」

「看護婦?」

「そうだ。彼はいま目に腫《は》れものができていて、とても気にしている。というわけで……明日スイスからモーレイという医者が来て診察するんだが、その医者が薬を処方するついでに、看護婦を置くように勧める。そこでわたしが街中を探しまわるが、なかなか見つからない。当然だ。バカンスシーズンで人手不足だからね。リッチモンドは激怒するだろうが、その状態で一日か二日のあいだ焦《じ》らしておく。きみの登場を輝かしいものにするために。そうやって焦らしておけば、きみは登場するだけで救世主になれる」

「待って、看護婦なんてわたしには務まらない」

「問題ないさ。必要なのは腕のいい看護婦ではなく、彼を意のままにできる若い女性だ」

「でも、その目の病気はどうすれば?」

「モーレイがきみに詳細な指示を残してくれる。包帯を替えるくらい誰でもできるだろう? それ以上のことは心配するまでもない。リッチモンドは看護婦ごときに難しい処置を任せたりはしないよ。医学界の権威しか信じない人間だ。逆にそれ以下の仕事、つまり身の回りの世話は使用人がやる。連中はそれが仕事だし、慣れているからね。つまりきみがやるのは煎じ薬や水薬を飲ませ、その口直しにおしゃべりの相手をし、時々冷たい手を額に当ててやることくらいだ。いいな?」

「いいえ、わけがわからない。それじゃ使用人の一人になるだけで、結婚相手になりようがないでしょう?」

「そこはわたしに任せてくれ。リッチモンドは煮ても焼いても食えない男に見えるが、じつはそうでもなくてね、簡単に手玉にとる方法がある。残念ながらそこに気づくのが遅すぎて、自分に生かすことはできなかったが、代わりにきみのために役立てようと思う」

「どういうこと?」

「操られるのではなく、こちらが操ること。すべてはそこにかかっている。いいか、初対面のときからリッチモンドの言うがままになってはいけない。相手を優位に立たせてはだめだ。いったんそれを許したら、きみに勝ち目はない」

「でも、わたしは雇われるわけだから、雇い主に反抗したらクビになるだけでは?」

「逆だよ。反抗する女性こそ彼がずっと前から求めていた相手だ。つまり彼は、自分の前でも自尊心を失わない人間に出会ったら、その相手のためにすべてをなげうつような男だ。取り巻き連中は彼から利益を引き出すことしか頭になく、そのために不満もなにものみ込んで彼の毒舌に耐えている。きみはそうなってはいけない。彼らと同じになったらすぐに無視され、同じようにののしられる。だからそうさせないこと。そこさえうまくいけば勝負はこっちのものだ」

「でも、それだけでリッチモンドさんがわたしに恋をするとは思えないし」

「この件に恋は要らないさ。彼はきみの策にはまり、きみを手に入れたいと思い、そのためにほかに方法がないから結婚する。もちろんまずは金で買おうとするだろうが、そこで抵抗すればするほどきみの株は上がる。とりわけプロポーズされたときが肝心で、夢がかなったとばかり飛びついちゃいけない。なかなかの役どころだ、メーナーさん。プロの俳優でも難しいくらいの」

「まるで白馬の王子の物語ね」

「いや、王子というより財界の大立者だが、そのほうがずっといいわけだ」

「白衣を用意する？」

「そうだな、そのほうが自然だろう。ただしあまり看護婦になりきるのもよくない。彼の目に一人の女性として映る必要があるからね」

「わかったわ」

「彼を失望させないこと、そして警戒すること。リッチモンドは油断がならない。だがいったん心をつかんでしまえば、きみは彼の関心を独り占めできる」

「そして彼もまた、わたしの関心を独り占めすることになる。だからご心配なく」

「大事な点はそんなところだな。リッチモンドはすぐにも出港するつもりでいるから、われわれもカンヌに長居はしない。船上では日に何度も顔を合わせることになるし、きみの〝相場〟の動きも逐次知らせるつもりだ。好運を祈るよ、メーナーさん」

ヒルデガルトは立ち上がり、二人は握手を交わした。こうしていよいよ計画が実行に移されることになった。

モーレイは腕のいい開業医だが、やり手の商売人でもある。開業早々に金持ちは天の恵みと理解し、しかも金持ちというのは、周囲の関心を引くためならどんな病名でも受け入れると気づいた。だからモーレイの患者は、じつはたいした病気でもないのに、厄介な病気と診断された金持ちばかりになった。

そのおかげで、その後モーレイは贅沢な設備が整った診療所を開設し、いまではそこに各界を牛耳る富豪たちがこぞってやって来る。死を待つまでの暇をどうにかしてつぶすために。

もちろん往診もするので、ヨーロッパ各地から頻繁に声がかかり、そのたびにとんでもない病気だと診断してとんでもない報酬を受けとっている。

押し出しがよく、口数が少なく、口を開くとしてもちんぷんかんぷんの医学用語だけというところが受けて、患者たちはモーレイを盲信し、頼みもしないのに宣伝係まで務めてくれている。

モーレイはさっそく飛行機に乗り、奇妙な友情で結ばれたアントン・コルフが待つカンヌに降り立った。コルフはモーレイの正体を見抜いていて、モーレイもそれに気づいている。いっぽうモーレイのほうも、コルフのことをいい獲物にありついた野心家だと見抜いている。つまり二人のあいだでは取りつくろう必要がなく、話が早いので、機会あるごとに喜んで会っている。

「今度はなんだ」

ヨットハーバーに向かう車のなかでモーレイが訊いた。

「眼だよ。結膜炎だろう」

「それで、きみのほうは最近どうなんだ」

「相変わらずさ。すぐまた海に出るんだが、別に嬉しくもない」

「だったらあいつを入院させるか？」

「いや、その必要はない。今回は気晴らしを連れていくつもりなんでね」

これを聞くと医学界の権威の仮面がはがれ、卑猥なにやけ顔が現われた。

「看護婦か？」

コルフも笑いだした。

「そう、看護婦」

「美人の？」

「さあな。まだ会っていない。とにかく女が一人いてくれればいい。あの船は男だらけだから」

「ほほう」

「いや、たいした意味はないが、とにかく日は長いし、こっちももうあまり若くないんでね」

「まあ、働かせすぎるなよ」

二人は同時に笑いだした。こんなばかげた冗談を言い合えるのが愉快でたまらなかった。モーレイは診察にたっぷり一時間かけた。帰りの便は午後だったし、昼食を船でとることにしたかったので、それでちょうどよかった。

示し合わせたとおり、モーレイは看護婦をつけるように言い、コルフが探す役目を引き受けた。リッチモンドは診断に満足してごねるのをやめ、ジャマイカ人たちに世話をさせながら、部屋でおとなしく看護婦の到着を待つことになった。

ところが、二日経っても看護婦が現われない。リッチモンドは怒り狂い、船員も使用人も全員が息をひそめ、嵐よ早く過ぎてくれと祈った。

業を煮やしたリッチモンドは、ニースに移動してそっちで探せと言いだした。と、そこへ、誰もが待ちわびた看護婦が奇跡のように現われた。

ヒルデガルトがタラップを上がるやいなや、甲板にいた男たちの視線がいっせいに集まった。彼女は優雅な、かつ自信に満ちた態度で二等航海士に声をかけ、アントン・コルフさんのご依頼で、紹介所から派遣されてきた者ですがと言った。するとその名が通行許可証となり、すぐリッチモンドの部屋に案内された。

リッチモンドは使用人を追い出すなり、車椅子を必死で動かして彼女に詰め寄り、患者がこんなに苦しんでいるのに二日も待たせるとはどういうことだ、頭がおかしいんじゃないかと食ってかかった。

だがヒルデガルトは動じることなく、背筋を伸ばしてじっと相手を見ると、まず手袋を脱いでたたみ、ハンドバッグの上に置き、それからおもむろに口を開いた。

「わたしには、一年のうち五か月は仕事がありません。でも夏になるとこのあたりの人口は七倍になり、わたしの仕事も七倍になります。ですからそのあいだはわたしが仕事を選びます。あなたはずいぶんいやな方のようにお見受けしますが、ほんとうにそんな方ならはっきりおっしゃってください。仕事はほかにもありますので」

リッチモンドは驚いて、目に当てていたハンカチを落としてしまった。

「なぜもっと早く来なかった」

「初産《ういざん》の女性に付き添っていました。それで今朝、紹介所に立ち寄って看護婦の求人リストをもらったんです。その一行目にあなたの名前が書かれていたので、ここに来ました」

「わたしが誰か知っているのか?」

「ええ、ですから、カール・リッチモンドさんですよね?　リストに書いてありました」

「いや、わたしが金持ちだと知っているのかと訊いているんだ」

「それがなにか?」

「年金暮らしの婆さんの面倒を見るより、わたしの世話をするほうが得だぞ」

「ほんとうに? わたしは決められた料金で働いているんですよ。あなたがいくらお金持ちでも、わたしにはなんの得にもなりません」

「この猫かぶりめ。わたしならほかの患者の十倍は払うと承知しているくせに」

「いえ、リッチモンドさん、そういうことにはなりません」

「ばか正直ってやつか?」

「いえ、ただ、そういう場合にどうなるか、よくわかるからです。人より高く払えば、好き勝手をして相手を振りまわしてもいいとお考えなんでしょうけど、わたしはそんなのはお断わりです。ほかの方と同じ料金をお支払いいただき、ほかの方と同じようにきちんとしていただきます。そうしていただけないなら、わたしはまた求人リストを見てほかの患者さんのところへ行くまでです。よろしいですね?」

リッチモンドは疑うような目で彼女を見つめた。そして「おかしな女だ」とつぶやくと、車椅子を回して離れた。

「ようし、せっかく来たんだから、面倒を見てもらおうじゃないか」

「もちろんそのつもりです。それで、お医者さまはどんなご指示を?」

「秘書から聞いてくれ。ところで、名前はないのか？　口笛で呼べとでもいうのか？」

「通りがかりに口笛を吹かれることはありますけど、名前はちゃんとあります。ヒルデガルト・メーナーといいます」

「あんたもドイツか？」

「はい、ハンブルク出身です」

「そりゃあいい。ドイツ語で話そうじゃないか」

「そのほうがよろしければ」

「フランスくんだりでなにをしている」

「あなたこそ、こんなところでなにをしていらっしゃるんです？」

するとリッチモンドはヒルデをにらみつけた。怒りで顔が赤らんでいる。だがヒルデがにっこりしてみせると、不承不承《ふしようぶしよう》ながら表情を和らげた。

「いまご用がございますか？　それとも自分の部屋に行って荷解きをしてもかまいませんか？」

「時間ならいくらでもある。もう少しここにいなさい」

彼は窓のほうを向き、ガラスに映った彼女の姿を見ながらこう命じた。

「ハンブルクの話を聞かせてくれ。一九三四年以来戻っていないんだ。ぜひドイツ語で頼むよ」

ヒルデはちょっと驚き、こんなにセンチな人なら操るのも難しくなさそうだと思った。

その数時間後、ヒルデはアントン・コルフと並んでデッキの手すりに肘をつき、初対面の印象について話して聞かせた。

カンヌの夜景が徐々に遠ざかりつつあった。

「うまくやったな。リッチモンドもきみのことを話していたよ」

「どんなふうに?」

「いや、たいしたことじゃない。思い上がっちゃいけない。まだ向こうは様子を見ているだけだ。だがとにかく、最初の出会いは悪くなかった。きみがまだここにいるのがその証拠だ。船酔いはしていないか?」

「ええ、だいじょうぶみたいだけど、なぜ?」

「きみが部屋に閉じこもったりしたら仕事にならないからな。この船はめったに寄港しないし、するとしても短い。だから薬をもってきておいたよ。酔わないように日に数回飲んだほうがいい」

ヒルデは思わず笑った。

「あなたってほんとに細かいところまで気がつくのね」

「ところで、彼の葉巻をやめさせられないだろうか。難しいとは思うが、モーレイ先生からそうしたほうがいいと言われた。それからチェスの相手をするときは、相手に勝たせる工夫をすることだ。いつも負けろというんじゃない。それでは気づかれてしまうからね。だがだいたいは向こうが勝つようにしたほうがいい」

「あの人の心をつかむのにさほどの苦労はなさそう。結局は、わがままで涙もろいただのお年寄りでしょう?」

「どうかな。その印象は当てにしないほうがいい」

「一時間もハンブルクの話をさせられたのに? 街の様子だのなんだの、細かいことまであれこれと」

「いや、それは違う。ハンブルクが懐かしくて話をさせたと思うなら勘違いもはなはだしい。きみの素姓を確かめるため、それだけだ」

「なぜわかるの?」

「彼自身がそう言った」

ヒルデはしばらく海を眺め、それから言った。

「それならそれで、かえってやりやすいかも……」

それからゆっくりと生活のリズムができていった。大型ヨットなど乗ったこともなかったヒルデガルトは、船上での新しい暮らしに夢中になった。海に浮かぶ宮殿とでもいうべきこの船に、すっかり心を奪われた。彼女に与えられた部屋も趣味がよく、快適このうえない。毎朝早く起き、デッキに出て散歩し、士官室で朝食をとり、そのあと船尾デッキで日光浴をする。昼少し前になったら自室に戻って服装を整え、カール・リッチモンドが起きる時間を見計らって彼の部屋へ行く。そして包帯を替えてやり、爪の手入れなどをしながら話し相手をする。

ヒルデガルトには爪の手入れの知識などなかったが、リッチモンドは少しでも長くそばに置いておくために、あえて彼女にやらせていた。要するに、口に出しては言わないものの、彼女がそばにいると嬉しいわけだ。

そんなある日、リッチモンドは石鹸水をはった洗面器に両手を入れたまま、笑いを押し殺したような猫なで声で言った。

「これからなにをしてもらうか、わかるかな?」

ヒルデは黙っていた。

「ポケットに隠している鍵を少しのあいだだけ貸しなさい」

「なんのためでしょう」

すると彼の口からおかしな音がもれたが、どうやらそれが笑いらしかった。

「机の引き出しから取り出さなきゃならんものがあってね」

「葉巻?」

「余計な穿鑿《せんさく》はしなくていい。よし、こうしよう。鍵を渡してくれたらピン札をやろう。

アメリカの百ドル紙幣だ」

「お医者さまに止められているのはご存じのはずです」

「葉巻を吸うとは言っとらん」

「でもそのおつもりでしょう？」

「まあ、考えてみなさい。二人だけの秘密にしようじゃないか。あんたにとっちゃなんの価値もない鍵なのに、それを出せば百ドル札が手に入るんだぞ。好きなように使っていいんだ」

「それはできません」

するとリッチモンドはいきなり爆発した。

「ばかもん！　少しは頭を使え！　意地を張るならジャマイカ人を呼んで引き出しをこじ開けさせるだけのことだ。そうなったらこっちは葉巻を手に入れるが、そっちはなにもなしだぞ」

「お好きなように」

「かまわんのか？」

「鍵はお渡しできません。ですから誰かを呼んで引き出しをこじ開けさせ、葉巻を取り出して一服なさってください。それであなたは体調を崩されるでしょうけど、わたしのせいではないので、気が咎《とが》めることもありませんし」

「まあ、そう決めつけずに。ほかの方法でもいいんだ。紙幣など持ち出したのはこっちが野暮《やぼ》だった。ああ、わかっている。あんたのように若くて美しいご婦人にはもっとふさわしいものがあるのにな」

彼は唐突に車椅子を回すと、小さい居間に移動した。そこで戸棚を開けて大きな箱を取り出し、膝に載せ、じっと見ているヒルデガルトのほうに戻ってきた。

そして極秘の任務でも遂行するようにわざとらしくチョッキの前を開けると、シャツの胸元のボタンを外し、長いチェーンの先にぶら下がった鍵を引っぱり出し、それを箱の鍵穴に差し込み、かちりと音がするまで回した。それからおもむろに、横目でヒルデガルトの様子をうかがいながら蓋を開けた。

その箱は上質のビロード張りで、なかには金やプラチナに宝石をあしらったブレスレット、指輪、ペンダントなどが無造作に詰め込まれていた。

いまやヒルデの前にはアリババの宝の山を膝に載せた老人の図が出来上がっている。しかもその図をもっとそれらしくしようというのか、リッチモンドはリウマチで変形した手で宝をすくい上げ、きらきらと輝かせてみせた。

「さあ、好きなのをとりなさい」

ヒルデはうっとりと宝石に見入った。

「どれが欲しいんだ。指輪、ブレスレット、それともブローチか？」

そして返事も待たずに、大きな四角いルビーの指輪を彼女の目の前で振ってみせた。

「ほら、これだ、これをやろう」

ヒルデは思わず手を伸ばして指輪をつまむと、少し動かして輝きを見た。そしてため息をついた。

「なんてきれいなルビー……」

「セイロンで手に入れたものだ。いちばんいい石が出るのはあそこだからな」

だがヒルデはそこで顔を上げ、相手の顔をじっと見たまま指輪をゆっくり箱に戻し、微笑みを浮かべた。

「そこまで葉巻がお好きとは知りませんでした。それなのに申し訳ありませんけれど」

すると彼はいきなり音を立てて蓋を閉め、手を震わせながらどうにか鍵を差し込んで回し、その鍵をシャツの下にすべり込ませ、チョッキのボタンを留め、恨めしげにののしった。

「どっちがどっちを雇っているのか忘れてもらっちゃ困る」

「あなたが始終思い出させてくださるので、忘れる暇もありません」

「ようし！　では命令する。葉巻をとってこい！」

「リッチモンドさん、そんなお芝居ばかげています。わたしはあなたに雇われましたが、モーレイ先生からも指示を受けています。そしてその指示に従うのは、ほかならぬあなためです」

「あんたに金を払っているのは理屈をこねさせるためじゃない。命令に従ってもらうためだ。その鍵をよこせ！」

「申し訳ありませんが」

「まだ拒むつもりか」

「もちろんです」

「だったら出ていけ！　もう顔も見たくない！　あんたのことを耳にするのも御免こうむる。クビだ！」

ヒルデはあまりのばかばかしさに少々あきれてしまい、すぐには立ち上がれなかった。

「あの、ここは海の上ですけど、歩いて出ていけとでも？」

「出ていけ！　このあま！」

「失せろ！」

「頭に血が上るのはよくありませんよ。お歳なんですから大事になさらないと」

それに対して彼が吐き出したのは、思い出すのも憚《はばか》られるような罵詈《ばり》雑言《ぞうごん》の数々だった。

リッチモンドの不機嫌は翌日まで続いた。自室にこもったままヒルデを呼ぼうともしない。身の回りの世話はジャマイカ人たちが続けていたが、彼らをつかまえてリッチモンドさんの様子はどうかと訊くわけにもいかない。

この老人はかなり気まぐれなようだし、最初から反感を買うようなことは避けるべきだったかもしれないとヒルデは不安になった。

ヒルデがふたたびリッチモンドと顔を合わせたのは、翌日の夕食のときだった。テーブルを共にするのはアントン・コルフ、船長、二等航海士、そしてヒルデと決まっている。

その晩、彼はいたずらっ子のようににたにたし、包帯をしていないほうの目に喜びとも皮肉ともとれる光を湛えて、一人一人の顔を順に見た。

凝《こ》った料理に上物のワインと、食事はすばらしかったが、食卓にはなにやらしらじらしい雰囲気が漂っている。このひねくれた老人が、今度はなにをたくらんでいるのかと誰もが考えずにはいられず、多少なりとも緊張していた。

話題は旅行だの近頃評判の海岸だのと当たり障りのないものに終始した。会話の中心になったのはアントン・コルフと、生来楽観的でマイペースな二等航海士だった。

食事の終わりごろになって、ヒルデはようやくリッチモンドの意図を理解した。コーヒーと食後酒が運ばれてくると、彼はヒルデのほうをじっと見たままポケットから葉巻を取り出し、先端を嚙み切って自分の前に吐き出したのだ。そして火をつけながら言った。

「断わってくれて正解だったよ。あんたから手に入れるよりずっと安く済んだからな」

そう言いながらワニ革の葉巻入れを取り出し、これ見よがしに開けてみせる。なかにはヒルデを嘲笑《あざわら》うかのように十本ほどのハバナが並んでいた。ヒルデは黙ったまま、船長が差し出してくれた煙草をとった。

「さあ、どうだ、メーナーさん。昨日のことが口惜しくないか？」

彼女はにこやかに彼を見て、鼻から長々と煙を吐くと、穏やかに言った。

「あなたに禁煙させるようにとモーレイ先生が指示されたのがなぜか、ご存じですか？」

返事を待ってみたが、相手がなにも言わないので自分で言葉をつないだ。

「先生はこんなふうにおっしゃったんです。あの年齢の男性は、葉巻を一本吸うと一か月寿命が縮みますって。それなのにこうして限られた時間をますます縮めるなんて、勇気のある方だなと感心します」

気まずい沈黙が流れ、みな息を殺した。といってもコルフは別で、彼が皿に鼻をうずめたのは、この成行きを面白がっていることが顔に出てしまいそうだからだ。船長と二等航海士はこの場の緊張感に耐えられず、コーヒーに逃げ込んだ。一人ヒルデガルトだけが顔を上げ、こちらをにらみつけているリッチモンドににこやかな笑顔を向けている。葉巻からゆっくり立ちのぼる煙が顔にかかり、彼の表情をわかりにくくしていたが、すでに勝利の酔いがさめたことは明らかだった。それでも彼は強がって大きく煙を吐いた。

「ひと月は一昼夜が三十回で」とヒルデガルトがつぶやいた。「それって何時間になるかしら……」

リッチモンドが拳《こぶし》でいきなりテーブルをたたき、クリスタルのワイングラスが音を立てた。グラスのなかで揺れた赤ワインが一滴こぼれ、刺繍《ししゅう》入りのテーブルクロスに染みをつくった。

「あんたは大間抜けだ！」と彼がわめいた。「おぞましい大間抜けだ！」

「だとしても、若い間抜けです。まだとても若いんです」

彼女は笑顔のまま静かに立ち上がり、席を離れた。同席者はみな動揺を顔に出すまいと必死で、彼女が出ていくのを目で追うこともできなかった。

後ろ手にドアを閉めてから、ヒルデは全身が震えていることに気づいた。たったいまの恐ろしい場面が脳裏に焼きついて離れない。やりすぎてしまったのでは？　まだこの船に乗り込んで日が浅いというのに。初めからこんな真っ向勝負に打って出るなんて、せっかくのチャンスをふいにするようなものではないだろうか。

デッキに出て手すりにしがみつき、動揺が収まるのを待った。そこへ船長がやって来たが、ヒルデは足音に気づかず、声をかけられて飛び上がった。

「またずいぶんと危ない橋を渡りますね」

どう答えたものかわからず、ヒルデは力なく微笑んだ。

「気をつけなさい。わたしの忠告など要らないかもしれないが、あのご老体は人前でやり込められるのをなによりも嫌いますよ」

船長は答えを待たずに立ち去った。その後ろ姿は闇に溶けていったが、チーク材のデッキに響く足音だけは長く続いた。ヒルデはいらついて、勢いよく煙草を吸い込んだ。下の階からガチャガチャと物音が聞こえてくる。ジャマイカ人たちが後片づけをしているのだろう。ディナーの席でひと悶着あったことはすぐ厨房に伝わり、いまごろは使用人たちが彼女の悪口を言っているに違いない。暴君に盾突《たてつ》く人間が現われたことで、みな少しは気が晴れただろうが、同時にそういう人間は要注意人物と見なされる。船長の態度を見てもそれがわかる。人は、なかでも臆病者は、英雄を好まない。だとしたら自分はどういう立場に身を置けばいいのだろう。ヒルデは思い悩み、コルフに相談したいのになぜ追いかけてきてくれないのかとやきもきした。

だが海の音は心地よく、風は軽く、夜のとばりは優しかった。ヒルデは不意に、自分はここでなにをしているのだろうと思った。

あの閉ざされた救いのない世界から、ほんの数日でこの別世界にやって来た。

そう思ったとたんハンブルクのみすぼらしいアパートが目に浮かび、そこから芋づる式に、それ以前の映像も記憶の底から這い上がってきた。爆撃の時代、女の人生が決定的に打ち砕かれた時代。廃墟と化した街をネズミのように這いまわる日々、慢性化した恐怖、空腹、凍《こご》え、孤独。そんな状態に追い込まれてもなお人は生きつづけ、その時間その時間で習慣となっている行動をとる。擦り切れた毛布一枚しかなくても、それにくるまって眠るし、穴のあいた缶しかなくても、それを食器にして食事をする。隠れ家を求め、あるいはじゃがいも一キロ、乾いた薪一束を求めて何時間も歩きつづける。恋でさえそんなふうに有り合わせで調達するしかなく、骨組みだけの建物のなかで、火炎でひしゃげた鉄の梁《はり》のあいだで、崩れた壁と穴だらけの水道管とガラスのない窓に囲まれて経験するしかなかった。

相手は敗走してばらばらになった部隊の一兵卒で、ヒルデが出会ったときには疲労と飢えで朦朧《もうろう》としていて、自分がなぜぼろぼろの軍服を着ているのかも、なぜ一人なのかもわからなくなっていた。男は小銃と雑嚢《ざつのう》を斜めに掛け、無帽で、亜麻色の髪が埃《ほこり》にまみれた状態で、瓦礫《がれき》の山を踏み崩しながら、ヒルデがいた廃墟の片隅に突然現われた。

ヒルデは間に合わせの火をおこして食事らしきものを温め、その男と分け合った。

男は口も利かずにむさぼるように食べた。それから、どちらもいつ死ぬかわからず、過去につなぎとめるものもなければ、未来があるとも思えなかったので、その吹きさらしの瓦礫の上で愛を交わした。二人は自分に残されたいちばんいいもの、つまり若さと官能と優しさを与え合った。自分のうちにまだ生きているもの、まだ残っていた若さと強さを分かち合うことで、少なくとも誰かに喜びを与え、自分の死が無意味なものにならないようにしたかったのだ。それは一晩中続いたが、一晩だけだった。翌朝ヒルデが目を覚ますと、男はもういなくなっていた。

それが唯一の彼らの取り分だった。人間社会は彼らにそれ以上のものをくれなかった。

人間社会というのは、その宝物を金持ちで、若く、憂《うれ》いがなく、満ち足りて、無自覚で、欲張りな人々に割り当てると決まっている。その人々は領主のように、なんの遠慮もなく、この幸運が続きますようにとこっそり祈ることさえなく、平然と受けとる。しかもそれを惜しみなく浪費するが、それも当然なのだ。その人々は彼女とは人種が違うのだから。

海の音は心地よく、風は軽く、夜のとばりは優しかった。ヒルデは不意に、自分が百歳になった気がした……。

船員が一人近づいてきて、指先を帽子に当てて敬礼し、旦那さまがチェスの相手をしてほしいとお呼びですと言った。

ヒルデはわれに返り、そうだ、今日は勝ちを譲ろうと決めた。ここは少し持ち上げておいたほうがいい。そう考えながら船員のあとについて下に降りた。

とはいえチェスはしょせん遊びにすぎない。それよりはるかに熱を帯びていったのは、二人が船上で繰り広げる生き方をかけての勝負のほうで、日々優劣が入れ替わる接戦となった。

ヒルデガルトがポルトフィーノを気に入ったので、船はそこに二日間停泊した。彼女は上陸したが、そのあいだリッチモンドは部屋にこもって誰とも会わなかった。

ここまでの彼女の成功をアントン・コルフも認めざるをえなかった。

「じつに優秀な生徒だ」海辺のホテルのテラスで紅茶を飲みながら、コルフが言った。

「教えられたとおりにしているだけ」

「それ以上だ。自主性と押しの強さという点でね。きみの力を過小評価していた。この調子ならきっとやり遂げられる」

「あの人が純真じゃないのが幸いだわ。もしそうだったら、つけ込むようでつらかったかもしれない」

「だとしても、あきらめはしなかったんじゃないか?」

「それはどうかしら。あの人がああいう態度だからこそ、こちらも対抗したくなってゲームが面白くなってきたんだし」

「それで、金が手に入ったらなにをするつもりなんだ?」

ヒルデはぼんやりと空を見上げて肩をすくめた。

「さあ。でも、お金のことなんか考えなくなるんじゃないかな。裕福になるっていうのはそういうことでしょう? お金など取るに足らない問題になるっていう……。それで、あなたは?」

「いや、こっちはきみよりはるかに少ない額だから。それにもう六十二で、ささやかな野心しか残っていない。それだけにはっきりしたものだがね」

「聞かせて」

「いや、内緒だ」

「残念。でも考えてみたら、わたしにはどうでもいい。いまのままでも幸せだと思えるくらいだから。船の暮らしが気に入ったし、あのヨットが好きだし、婚約者は変わった人で飽きないし。なによりも彼との駆け引きが面白くて。これ以上なにを望めばいいのかわからない」

「話しぶりまで変わったな。初めてわたしの部屋に来た日のことを覚えているか?」

ヒルデは笑いだした。

「わたしったら、てっきりあなたが婚約者だと思い込んでいて、だからあなたを見たとたん宝くじに当たったような気分になって!」

「そりゃまたずいぶん甘い評価だな」

「うぶだった証拠よね。だって、あなたが新聞なんかで相手を探すはずないのに」

「そもそも探す目的が違うのでね。女性を迎え入れるのはもっぱら健康管理のためなんだ。歯ブラシみたいなものだよ。だからどうしたってしょっちゅう換えることになる」

「それじゃ、特別な人に出会ったことは一度もないの?」

「あるさ。だが娼婦だ。あの世界の女たちはだいたい理想的な相手になってくれるが、なかでもその一人はずば抜けていた。わたしはどうも買った女に弱くてね。ああ、もちろん金でという意味だ。というのも、どんな女でも結局はなにかで買うわけで……。結婚すると高くつく。なにしろ結婚したとたん、女はそれまでの魅力を失い、一家の主婦か料理人、あるいは男勝りの女に変貌するからね。ベッドの相手なんかめったにしてくれない」

「で、わたしは？　わたしを望んだことは？」

コルフは驚いてからちょっとにやりとし、ひと呼吸置いて言った。

「きみもやはり女だな。手に入らないものがあるとどうしても欲しくなる」

「わたしじゃなくて、あなたのことを訊いてるの。ねえ、ほんとに望んだことはない？」

「考えてもみなかった」

「そう」

「それで……」彼はそこで少し間を置いた。「きみは考えてみたのか？」

二人の視線が絡み合った。一瞬、二人のあいだに微妙な暗黙の合意が生じ、それからヒルデが囁《ささや》くように答えた。

「いやだとは思わなかったでしょうね……」

するとコルフの視線が動き、ゆっくり服を脱がせるようにヒルデの体の線をなぞりはじめ……と思ったらすぐに逸れて普通のまなざしに戻り、落ち着いた声が返ってきた。

「何時間か楽しい時を過ごせただろうな。だがそれより、未来で待ち受けるもののほうがずっと刺激的じゃないか」

「でもひとりでしょう？　お金があっても、孤独は癒《いや》せない」

「ひとりじゃない。きみがいる。大事な娘が」
「わたしたちにはもう二度とそういう機会が来ることはないわけね。だって計画が成就したら、わたしたちは違う世界に身を置くことになるから」
「それでいい。そうならなきゃいけない。きみは血を分けた娘よりも大事な存在だし、わたしはきみの父親だとほんとうに思っているから」
話はそこまでとなった。

ポルトフィーノに寄港できたのはリッチモンドがヒルデガルトに配慮したからだ。というわけで、彼はその分、しばらく不機嫌を決め込むことにした。ヒルデガルトのほうもそれを察し、できるだけ彼を避けて衝突を防ぐようにした。ところがシチリア寄港中に騒動が持ち上がった。

ばかばかしい話だが、すべては若鶏の料理から始まった。

船内ではごく自然に、ヒルデガルトが娯楽だの食事のメニューだのに采配《さいはい》を振るようになっていて、料理についてはリッチモンドの好みを頭に入れ、機転を利かせ、入念に準備し、彼の舌を満足させてきた。リッチモンドは胃が悪くて少ししか食べられない分、料理にうるさく、妥協しない。それだけに、彼女の巧みな采配には一目置いていた。

ある日、ヒルデガルトはリッチモンドの鶏嫌いを承知のうえで、昼食にあえて〝若鶏とキノコのソテー〟を出させることにした。自分の好物だからだが、リッチモンドへの配慮も忘れず、彼の大好物の魚料理も用意させた。

食事の半ばまではいつもどおりだった。そこへ給仕頭が問題の若鶏を運んできた。

リッチモンドはまずは驚いたが、その驚きはたちまちいつもの癇癪に変わった。だがこのときの癇癪は桁外《けたはず》れで、料理ごときにはおよそ不釣り合いなものとなった。というのも、彼にとっては、ヒルデガルトがここまで彼に影響力を及ぼすようになったことが自由の侵害に思えたし、彼自身が主《あるじ》である食卓でその好みを無視するのは侮辱にほかならず、とうてい許せることではなかったからだ。

同席者が鶏料理を取り分けはじめたとき、リッチモンドは呼び鈴でジャマイカ人を呼んだ。リッチモンドはすでに顔面蒼白で、ヒルデガルトを見据えたまま目を離そうとしない。彼女のほうは恐ろしくなって視線を逸らし、両手の震えを抑えるのに必死だった。

ジャマイカ人が入ってきた。

「下げろ」とリッチモンドが何気ない口調で言った。

船長と二等航海士、そしてアントン・コルフは少々あっけにとられたものの、黙ったまま皿が下げられるのを見送った。

だがヒルデガルトはジャマイカ人の手袋をした手が皿に伸びてきても顔を上げなかった。それどころかやけに震えた小声で、ソースを少しちょうだいと言った。部屋は静まり返った。ジャマイカ人はどうしていいかわからず、主人のほうを振り向いて指示を仰いだ。

「鶏は大嫌いだ。メーナーさん、あんたもそのことを知っている。わたしを差し置いて、こうして目の前で鶏を食べるなど言語道断だ」

ヒルデガルトは顔を上げた。

「だったらあなたはわたしたちのことを考えたことがありますか？　あなたの食べ方や、食べるときの音や、奇妙な偏食が、周囲にとってどれほど不快なものかご存じですか？　わたしたちはお好きな魚料理を用意させましたから、それを召し上がってください。わたしたちは若鶏をいただきます。こんなことで大げさに騒ぎ立てないでください」

だがその場の空気があまりにも張りつめていて、それ以上続けられなかった。

二人は真正面からにらみ合い、ヒルデはやりすぎたと思った。今度こそほんとうに破滅かもしれない。

一瞬、誰もが活人画のように静止した。そしてリッチモンドの顔色が土気色から深紅に変わったかと思うと、割れんばかりの声で怒りが吐き出された。

「そうか、おれが嫌いか！　食べるところを見るのもいやか！　音を立てるのが不愉快か！　そうかそうか。だったらな、カール・リッチモンドの思い出に、これを存分に見ていくがいい！」

そして赤ワインの入ったカラフをつかみ、右舷の壁を目がけて力いっぱい投げつけた。

派手な音とともにカラフが割れ、壁が赤く染まった。

誰かが止めに入る間もなく、彼は何枚もの皿を次々と壁に投げ、グラス類、ナイフ、フォークもそれに続いた。ジャマイカ人は震え上がり、車椅子のうしろに身を隠した。

コルフが腰を上げたが、リッチモンドはそれでもやめない。怒りに任せ、手当たり次第にものをつかんで投げつける。

「たかが小娘の分際で、ここの主《あるじ》にでもなったつもりか！　いいか、誰一人として、誰一人だぞ、このおれを軽んじてもらっちゃ困る。おれがなにかを禁じたら、その命令にはあんたも含めて全員に従ってもらう。おまえたちはおれに仕えているんだ、全員が！　こっちはそのために金を払ってる。金をもっているのはおれで、おれが主だ。おまえたちは使用人にすぎん。一人たりともそのことを忘れるな。食事中に気兼ねなくげっぷするのも、軽く笑い飛ばして当然の金額を払ってやってるからだ。いやもっとひどいことをしたっていいわけで、メーナーさん、もちろんあんたにも我慢してもらう。こっちが望むだけ、何度でもな」

ヒルデガルトは頭がおかしくなりそうで、それ以上耐えられずに席を立ち、座れとわめくしゃがれ声を無視して部屋を出た。

デッキに上がると、穏やかな風と海の静けさに少しほっとした。だが心を静めようと何度深呼吸しても、全身に走る震えは収まらない。そのまま夢遊病者のように自室に戻り、小さいスーツケースに最小限のものを投げ入れ、ハンドバッグと一緒にもってまたデッキに上がった。タラップはかけられたままだ。ヒルデはなにも考えず、ただ本能の赴《おもむ》くままそちらに向かった。すれ違った船員が怪訝《けげん》な顔でこちらを見たが、声はかけてこなかった。いい気味だと思っているようにも見えたが、ヒルデは無視し、ただクロムメッキの手すりにしっかりつかまってヒールをタラップに引っかけないように集中した。

桟橋に降り立つと太陽がまぶしくて目が眩《くら》みそうになった。犬が数匹昼寝をしている広場を横切り、棕櫚《しゅろ》の木陰にあるカフェに向かった。ラジオだろうか、甘い歌声が聞こえている。店内は涼しかったが、いきなり日陰に入ったのでコカ・コーラのケースにつまずいてしまい、目が慣れてからようやく奥のほうで店主一家らしい顔ぶれが食事をしているのが見えた。ヒルデはそちらに行き、アンダーシャツ姿の男にタクシーはどこでつかまえたらいいのか訊いた。横の女が早口のイタリア語でしゃべりはじめ、男はこちらをじろじろ見ながら皿の端のチーズを口に運んだ。皿のまんなかには鱈《たら》の骨が残っていて、ビニールのテーブルクロスの上にはレタスを山盛りにしたサラダボールがでんと据えてある。

ヒルデが待ちきれずにスーツケースをもつ手を替えると、ようやく女が口を閉じた。そして男が立ち上がり、ナイフをたたんでポケットに入れ、ズボンで両手を拭いてから、シチリア訛りの英語で車を出すと言った。

二人はシエスタで静まり返った広場に出ると、どちらからともなくヨットに目を向けた。

リッチモンドの豪華なヨットは入り江をふさぐほどの大きさで、周囲の小さな漁船を圧倒している。デッキには誰も出ていなかった。

カフェをぐるりと回って裏の路地に入った。先を行く男は縄底のサンダルを履いていて、足音も立てず、のんきに爪楊枝《つまようじ》をいじりながらヒルデのことなど忘れたように歩いていく。車庫に着いて扉を開けると、なかには古いライトバンが置いてあった。だが横の壁に自転車が二台立てかけてあってヒルデが入るスペースがないので、男は待っていろと合図し、一人で運転席にもぐり込んだ。じきにエンジンが唸《うな》り、車がバックで出てきた。荷物室は空の木箱でいっぱいだ。男がドアを開けてくれて、ヒルデは助手席に乗り込んだ。スーツケースを荷物室に入れてから、男は運転席に戻ってクラッチをつなぎ、車は土埃を立てて走りだした。

男は運転しながらヒルデのほうをちらちら見た。話しかけるきっかけを探しているようだが、ヒルデは助け舟を出さなかった。

どの通りも人気がなく、うろついているのは犬くらいで、クラクションを鳴らすとしぶしぶ道をあける。このあたりにはヒルデが泊まれそうなホテルは一軒しかなく、男はそこへ連れていってくれた。ヒルデがバッグをかきまわして紙幣を引っぱり出すと、男は黙ったままそれをポケットに入れ、スーツケースを降ろして走り去った。

ホテルの従業員も昼寝の時間なのか、誰も迎えに出てこなかった。ヒルデは足をくじきそうになりながら砂利道を行き、ようやくフロントにたどり着いて呼び鈴を鳴らすと、装飾といえば棕櫚の鉢植えだけのがらんとしたホールに軽やかな音が響いた。

少しするとボーイが一人、制服のボタンをかけながらねぼけまなこで出てきた。

二言三言交わしてから、ヒルデは大理石の大階段のほうへ案内され、さらに長い廊下を通って広い部屋に着いた。ボーイが鎧戸《よろいど》を開けた。

入り江に向かって気持ちのいいテラスが張り出していて、ロープでつながれた〈幸運丸〉が静かに揺れているのが見える。

一人になると、ヒルデガルトは靴を脱ぎ、暑苦しいタイトなワンピースも脱いでしまい、素足にスリップという恰好で煙草に火をつけ、ベッドに寝そべった。部屋にはたちまち暑い外気とやかましい蟬《せみ》の声が流れ込んできた。窓の外では心地よい風に吹かれ、棕櫚の木が尖った葉を剣のように交えている。ヒルデは目を閉じた。そしてようやく、自分がとんでもないピンチに陥ったことに気づいた。

いっぽう船の上では、カール・リッチモンドが怒りの大爆発のあと自室に戻り、そこに料理の続きを運ばせて楽しんでいた。癇癪を起こしたあとは気分がすっきりして腹もへるのが常で、しかも胃弱とはいえ食べることは好きなので驚くことではない。それに、ああして相手をやり込めることができたので、先ほどのちょっとした騒動に不満はなかった。

だが食欲旺盛なのはリッチモンドだけだった。使用人たちはみな喉がつかえたままで、これからどうなるのかと気を揉《も》んでいた。アントン・コルフは教え子が引き起こした騒ぎにやきもきし、苛立ちを隠せずにいた。今度ばかりは明らかにやりすぎで、そのうえ船を下りてしまったのだから最悪だ。このままではコルフの力をもってしても〝放蕩息子の帰還〟の演出は難しいし、リッチモンドが自ら彼女を探しに行くとも思えない。となると方法はただ一つ、コルフ自身が探しに行き、リッチモンドが気づく前に船に連れ戻すしかない。

今度はコルフが力なくタラップを下り、広場で唯一のカフェに出向く番だった。そこであの物わかりのいい親父に話を聞き、少し前のヒルデガルトと同じようにライトバンに乗せてもらってホテルまで行った。

ボーイに案内させてヒルデガルトの部屋に行ってみると、彼女はシーツを巻きつけてベッドに寝転がっていた。

コルフのほうは非の打ちどころがない服装で、襟《えり》のボタンホールにカーネーションまで差し、パナマ帽を膝に載せ、困った様子で彼女を見つめた。

「危険な道を選んだものだな」

ヒルデガルトは答えず、新しい煙草に火を移してから、吸いさしのほうをナイトテーブルの引き出しのなかで押しつぶした。

「リッチモンドはまだきみがいなくなったことに気づいていない。これ以上まずいことになる前に船に戻るんだ。使用人たちを黙らせるのはこっちでやる。……なんとか言ったらどうだ」

「戻らない」

「ほう、そうか」

コルフはそれ以上言わなかった。

二人とも無言のまま時が流れた。ヒルデガルトは入り江のほうを向いたまま身動きもせず、コルフが席を立って電話でウィスキーを注文しても、振り向きもしない。ソファーに戻っても、まだ黙っている。コルフはそのまま、ボーイが上がってくるのを待った。この幕間《まくあい》は少々長かったが、ボーイがウィスキーを置いて部屋を出たところで直球を投げてみた。

「念のために言っておくが、金も労働許可証もなしにここに残るなんて愚の骨頂だ。なにかいい解決法でもあるなら話は別だが」

「わかってる。でも、あんなことがあったあとで戻れるわけないでしょ」

「それは自尊心か？　それとも戦術？」

「どういう意味？」

「戦術だというならわかる。賛成するよ。どうするつもりか言ってくれればこちらも協力する。どうなんだ？……返事がないな。ということは戦術ではなく、性格のせい、ひねくれた性格のせいかな？　そうなのか？」

「理屈をこねるのはやめて。あの老人は最低よ。もう我慢できない、それだけ」

「しかし、なんの苦労もなく金持ちになれると思っていたわけじゃないだろう？　最初にはっきり言っておいたはずだ。リッチモンドは曲者《くせもの》で、爆弾くらい取り扱いが難しいと。それがこの程度で音を上げるとは、きみは腰抜けだったのか？」

ヒルデガルトはようやく身を起こし、枕を背に当てた。

「もう議論はたくさん。そう、全部あなたの言うとおりで、わたしが軽率だった。あんな人に慣れるなんてそう簡単にはできなくて」

「それでこそきみだ。さあ立って。支度をして戻るぞ。急がないと船を下りたことに気づかれてしまう」

ヒルデガルトはベッドから下り、ワンピースを拾い上げると、コルフの前でなんの気兼ねもなく頭からかぶった。コルフのほうも目を逸らすでもない。ワンピースから顔を出したヒルデは、髪を乱したままふと手を止めた。

「さっき戦術と言ったけど、あれはどういう意味？」

「なにか考えがあって船を下りたのかと思ってね」

「だったら、いま思いついたっていいわけよね」

「どういうことだ？」

「腹立ちまぎれに出てきたけど、こうなったら、あの気難しい人を釣り上げる機会にできないかと思って」

「それは危険すぎる。餌に食いついているかどうかまだわからないんだぞ。もし食いついているならたしかにチャンスだが、そうでなければ取り返しのつかないことになる」

「食いついているかどうか……あなたはどう思う?」

「だからいま言っただろう。こんな大事な計画を一か八《ばち》かの賭に委ねるわけにはいかない」

「でもここで戻ったら、わたしの負けでしょう?」

「いや、いま戻ればそうはならない」

「でも停泊中だし、あんなことがあったら船を下りるのはおかしなことじゃない。少しでもプライドのある人ならそうするはずよ。それなのに戻るなんて、悔しくて……」

「そんなことまで気にしていられるか。とにかく戻るしかないんだ」

「こういうのはどう? あなたはこのまま船に戻る。わたしのことは知らないふりをして、あの人がどうするか様子を見る。もし気にしていないようなら、わたしも今日中に戻る。逆に気にしていたら、探しに行けと説得してみて。それでもしあの人がここに来たら、あとはなんとかしてみせる」

コルフはしぶしぶ立ち上がった。

「それしかないかもしれないな。ただ、わたしも知らないうちにリッチモンドが勝手に錨《いかり》を上げさせないともかぎらない」

ヒルデガルトは笑いだした。

「そのときは、港湾事務所とトラブル発生という手を使ったら？　少なくともわたしは無許可で上陸したわけだから。でしょう？」

「きみはたいしたもんだ」

コルフはそれ以上なにも言わずにホテルを出た。

きわどい勝負だが、リッチモンドが追いかけさえすれば、あとは彼女がうまく料理するだろうと思った。だが問題は、あの気まぐれな老人の反応が読めないことにある。

船に戻ると、書類の山のなかからリッチモンドに会う口実を探し出した。そしてその書類を抱えて彼の船室へ行き、ノックしてなかに入ったところで、彼の様子がすっかり変わっていることに驚いた。愛想がいいと言ってもいいほどで、にこやかにコルフを迎えたのだ。

「今夜スプリトに向けて出港しよう。手配を頼むよ。途中どこにも寄らないぞ」

コルフは地雷原に足を踏み出すように、慎重に言葉を選んだ。

「なぜスプリトなのか、伺ってもよろしいですか？」

リッチモンドは楽しくて仕方がない様子で、あの町にはすばらしい思い出があって、ぜひもう一度見てみたいんだと言った。

それが理由だとしたら反論のしようがない。かといってほかに理由はないかと訊くのも不自然だ。コルフはそれ以上突っ込めなかった。

「船長にはもう命令を出されましたか？　わたしから伝えましょうか？」

「いや、もう済んでいる。ちょうどいいからチェスの相手をしてくれ。給水に五時までかかるらしい」

二人はチェスボードをはさんで座り、ゲームを始めた。

じつはリッチモンドのほうもヒルデガルトのことを気にしていたのだが、自分からは口にしたくなかった。そこでほかの話をしながら秘書の様子をうかがった。ところがコルフも彼女のことに触れない。そこで少ししてから、とうとう決心して切り出した。

「メーナーさんが部屋にいないんだが」

コルフはボードから目を離さず、無難な答えを選んだ。

「この暑さですからね」

「いや、そういうことじゃない。部屋にもいないと言いたかったんだ。だとすると、どこだと思う？」

「この船は大きいですから」

リッチモンドは楽しそうにくっくと笑った。いや実際、愉快でたまらなかったのだ。

「あの女はこの船にいない。もうすっかり探させたんだ。それに、昼食のあとでスーツケースをもって船を下りていくのを船員が見ている」

「町をひと回りするつもりじゃないですか？」

「スーツケースをもってか？　おいおい、おまえはもう少し賢いと思っていたがね。あの女は出ていったんだ。われわれを置き去りにしてさっさと逃げ出した。若いくせに、なかなかやるじゃないか、え？」

コルフはリッチモンドの視線がじっと自分に注がれているのを感じた。そこでまずルークを動かし、それから肩をすくめてみせた。

「でしたら、また別の看護婦を見つけますよ。あの女はどうかしている」

「別の看護婦ではなく、あの女を連れてこい。あれもここの使用人だ。勝手は許さん。見つけて連れ戻せ。そのうえで、改めてスプリトで下船させる」

「しかし別のを探すほうがいいでしょう。あの女はあの調子でもっと厄介なことをしでかしかねない。それに見つかるかどうかもわかりません」

「ニューヨークじゃあるまいし。ホテルをちょいと回ればいいだけだ。どうせ数軒、いや数軒もないかもしれんぞ。とにかく連れ戻してこい」

「向こうが戻りたくないと言うかもしれませんが」

「おい、コルフ、なにをぐたぐた言ってる。あの女が出ていったのが嬉しいようじゃないか」

「まあ、ある意味ではそうです」

「あれがおまえになにをした」

「いや、わたしにはなにも。しかし言わせてもらえるなら、あの女は分をわきまえていません」

「だから連れ戻せと言ってるんだ。ものごとを決めるのはこのわたしだと今度こそわからせてやる」

チェスの勝負はついた。せっかくの上機嫌を損ねまいと、コルフが勝ちを譲った。

コルフはその足で船を出てホテルに引き返し、リッチモンドの様子を伝えた。状況は芳しくない。リッチモンドはヒルデガルトのことを気にかけてはいるものの、あくまでも横暴な主人という態度を崩していない。連れ戻せと言ったのも、自分が満足できる形でクビにするためだ。だがヒルデガルトのほうも、いったん態度を決めてしまった以上、そこにしがみつくしかなかった。コルフも結局はそれがいいと彼女に勧め、また船に戻った。そしてリッチモンドには、メーナーさんはこの仕事に戻るつもりがなく、給料も要らないと言っていると報告した。

リッチモンドは頷きながら、目を細めてコルフを観察していたが、報告が終わると囁くように尋ねた。

「コルフ、ここだけの話だが、戻ってくればいくらかの金になると言ってやったか？」

「もちろんです」

「いくらにした」

「数字は出しませんでした。ほのめかしただけです」

「あの女は要らないと？」

「プライドにかかわると思っているようです」

「そりゃはったりだ。虚勢を張ってるだけだ。今夜出港すると伝えたんだな？」

「もちろんです」

「なら問題ない。戻ってくる」

「そうは思えませんが」

「賭けるか？」

「あなたが負けますよ。わたしが引き揚げるとき、飛行機の時間を問い合わせていました」

「ならもういい。勝手に消えればいい！　あの女の話など金輪際《こんりんざい》聞きたくない。給水が終わったら錨を上げさせる。おまえも下がっていい」

「では仕事に戻ります。郵便物がかなり溜まっているのでその整理を……。ご用があればいつでもお呼びください」

「ああ」

リッチモンドは車椅子を回した。話はここまでという合図だった。

コルフは頭を抱えて自室に戻った。お手上げだ。リッチモンドが動かなければ計画はここでもろくも頓挫《とんざ》する。リスクが高すぎた。ヒルデガルトはコースを外れたも同然で、もうレースに戻れないだろう。また別の女を見つけて仕込むしかないかと一瞬思ったが、いや、それはもう無理だと気づいて身が震えた。ヒルデを娘にする件はとっくに手配済みで、もう正式なものになってしまっている。いまさらやり直しは利かない。だとしたら当初の計画を一部修正し、被害を最小限に食い止めつつ、なんらかの機会を設けて彼女を再登場させるしかない。

コルフは手の届くところにウィスキーのグラスを置き、狭いベッドに寝そべると、この危機をどうにかして乗り越えなければと頭をひねった。

だがなにも浮かばないまま時が過ぎていった。思いがけない鶏騒動でなにもかも台無しになろうとしている。ああでもないこうでもないと考えたが、まともな解決策は見つからない。

五時ごろ給水が終わった。コルフははやる気持ちを抑え、部屋でじっとしたまま聞き耳を立て、船内の様子をうかがった。だが悲しくなるほどなんの物音もしない。

とうとう我慢できずに起き上がり、出航前に今後の指示を届けさせようとヒルデガルト宛の手紙を書きはじめた。そのとき、奇跡が起きた。

リッチモンドから私室に呼ばれたのだ。主人の姿をひと目見て、胸のつかえがすっと下りた。リッチモンドは外出の支度をし、アルパカの上着を羽織《はお》り、パナマ帽を膝に載せてコルフを待っていた。

「メーナーさんのところへ行くから、手配してくれ」

コルフは余計なことを言わないように言葉をのみ込んだ。

「車をお呼びします」

いきなり形勢が逆転したのでコルフは興奮し、すぐさまデッキに駆け上がった。どうやらうまくいきそうだ。すばらしい！ 首を縦に振らなかったヒルデガルトが正しかったとは！ いまやリッチモンドがへつらう側に回ろうとしている。まったく信じがたい。こうして一歩譲った以上、もう彼の負けだ。あとはヒルデガルトと協力して、彼の耳に次の一歩を囁きかければいい。コルフはあまりにも嬉しくて、いつもの冷静さを保つのに苦労した。

カフェの親父のライトバンには車椅子ごと乗せるスペースがないので、足の動かない主人を後部座席に乗せ、車椅子を屋根に載せて固定しなければならず、これが大仕事だった。コルフはご一緒しましょうと言わざるをえなかったが、幸いなことにリッチモンドがその必要はないと断わった。

「こいつと二人でなんとかする」と親父のほうに杖を向けて言い、ぐずぐずするなとばかり杖の先で肩をたたいた。

車はまたしてもホテルに向かった。後部座席のリッチモンドは両手で杖を突き、周囲の景色には目もくれずに気難しい顔をしていたが、内心はにやついていた。失ったと思っていた希望のかけらが思いがけず見つかったことに、自分でも驚いていた。

ホテルに着いたところで、車からかつぎ出してもらい、屋根から降ろした車椅子に移してもらうのに、三人のボーイの手を借りなければならなかった。それから車椅子を木陰に移動させ、ヒルデガルトを呼びに行かせ、彼女が下りてくるのを辛抱強く待った。

ヒルデのほうは急ぎはしなかったが、かといってわざと待たせて勝利を味わうような品のないことはしなかった。ただきちんと化粧を直し、昼の出来事を思い出して震えたりしないように心を落ち着け、若いながら分別のある女という表情をつくってから、全権を握るリッチモンドに会いに下りていった。

ヒルデが近づいていくと、リッチモンドは笑顔でこっちへ来て座れと手招きした。とかく女は心の動揺がちょっとしたしぐさに出てしまいがちなので、ヒルデはそうならないように気をつけた。座るときもスカートの裾が持ち上がらないようにし、両手を膝の上で組んで、感情を顔に出さないようにして相手の言葉に耳を傾けた。

「メーナーさん、わたしがこの体でここまであんたを探しに来るのは、まさにひと苦労だとわかっているな?」

「その必要があると思われたのなら、心苦しいかぎりです」

「冷やかしはやめてもらおう。ナイトを気どったわけじゃないんだ。そういう柄じゃない。ただなにごともはっきりさせないと気がすまない質《たち》でね、けりをつけたくて来たまでだ」

「けりなら、わたしが船を下りたことでついたと思っていました」

「あんたは雇われている身だ。雇い主は船を下りろと命じていない」

「ご命令がなくてもいいと思ったんです。こちらもあなたになにも要求しませんし」

「だがこっちは要求できるぞ。たとえば、あんたが逃げたせいでこっちがなにか損害を被ったとしたらどうだ。わたしには埋め合わせを要求する権利がある。どうだね？」

ヒルデは軽く微笑んでみせたが、なにも答えなかった。

「だがそのいっぽうで、あんたにはある種の……なんというか……そう、敬意だ、敬意を抱いてもいる。あんたはわたしの周囲のあの下衆どものような考え方はしないからな。だからここに来た」

ヒルデは口角を上げて笑顔をつくろうとするいっぽうで、まなざしでは心に痛手を負った無垢な娘を演じてみせた。

リッチモンドはそんな彼女をしばらく見ていたが、沈黙に当惑したようにも見えた。

「メーナーさん、一つ提案があるんだが」

「なんでしょう」

「わたしが戻り次第、船は錨を上げる。荷物をとってきなさい。一緒に戻ろう」

「そんな簡単なことではありません」

「聞き分けのないことを言うな。一万ドルやるから、あのことは忘れなさい。寄港のたびに鶏を食べたらいいじゃないか。それこそ世界中の鶏料理が食えるぞ」

「いえ、けっこうです」

「一万五千ならどうだ？」

「こんな話は続けられません。競売みたいじゃありませんか」

「だがあんたは雇われている身で、しかもそっちに非があるんだぞ。なぜわざわざここへ来てあんたと話をしなきゃならんのか、わからないくらいだ」

「わたしはカンヌに戻れればそれでいいんです。仕事はほかにもありますから」

「いや、そういう問題じゃない。こっちはあんたを雇ったんだ。手放すつもりはない」

「少しはわたしの意思も汲んでください」

「厚かましい。だがまさか、嫌われたくてそう言ってるわけじゃないんだろう？　これからバルカン半島をぐるりと回るぞ。ギリシャの島々をめぐるすばらしい旅だ。見て損はない」

「わたしがいやなのは今日のような出来事です。また同じことがありそうで、不安で」

「だから忘れてもらうために一万五千ドルやると言ってるじゃないか。ほかにどうしろというんだ」

「ただ謝ってくだされればいいんです」

「そうなのか？」リッチモンドはあっけにとられ、それ以上答えられなかった。

「謝罪なんて、あなたがいらっしゃる世界では通用しない通貨なのかもしれませんけど」

「いや、ちょっと待て。おかしいぞ。あんたは自分をごまかしている。本心のはずがない。分別のある人間なら、一万五千ドルの正真正銘の紙幣より、なんの得にもならない詫びのほうがいいなんて言うわけがない。なぜそんなことを。いったいなにをたくらんでいる」

「これではずっとすれ違いのままですね。話している言葉が違うんですから」

「高慢ちきな態度はやめて、すなおに答えなさい。なにが欲しいんだ？」

「ですから、謝罪です」

「だったら、こっちが納得して謝ったとして、そのあとどうなる？」

「どうもなりません。ただわたしは今日の出来事を忘れ、船での仕事に戻ります」

リッチモンドは彼女から目を離さずに車椅子を回した。

「となると、こっちが少し、その……苛立ちでもするたびに、つまらない詫びを言うとしてだな、そっちはなんの得にもならんじゃないか。あんたにとってどういう意味があるんだ」

「そこが思い違いなんです。誰もが欲得ずくで生きているわけじゃありません。そんなことはどうでもいいという人さえいて、わたしもどうやらその一人みたいです」

「答えになっていない。なぜあんたのようなはねっかえりがこんな年寄りに詫びなど言わせたいんだ。うぬぼれじゃないのか?」

「違います。たぶん、人間としての誇りの問題です」

「ばかばかしい! 自由だの平等だのと同じで、誇りもただの言葉にすぎない」

「それはあなたの考えでしかありません。世界はあなたの思うとおりにできているわけじゃないんです」

「ほう。それで、そういうあっぱれな心がけでいると、どういういいことがあるんだ?」

「誇りは手段じゃありません。なにかの目的のために誇りをもつわけじゃありません。わたしはこうなんです。このままでいたいんです」

「まあ、聞きなさい。じつは、あんたといると若返るような気がしてね。それがまあ、時には楽しいと言わざるをえない」

ヒルデは思わず浮かびかけた勝利の微笑みをどうにか隠した。

「つまりこういうことか? あんたの看護が必要なくなったら、こっちはただ組合の料金を払い、あんたは列車で、それも二等で、家に帰るというのか?」

「ええ、当然です」

「ほんの少し態度を和らげるだけで、人が何年もかけて稼ぐような額をわずか数日で手にできるのに？」

「そうなのでしょうね。でもそれは、結局は高くつくことになります。だってあなたはどうしたって周囲の人を虐《しいた》げずにはいられない。あの人たちがそれを我慢しているのは、あなたからさぞかし大きな利益を得ているからでしょう。でもそこまで我慢してなにかを得るなんて、わたしにそんな意欲はありませんから」

「船を出たらどうするつもりだね」

「以前の生活に戻ります」

「恋人はいるのか？」

「いいえ」

「家族は？」

「もう一人もいません」

「友人は？」

「知り合い程度なら、ええ、います」

「船での暮らしは気に入っているのか？」

「ええ、とても」

「で、わたしは？　このわたしをどう思う？」

「おかしな質問ですね。そのことなら、乗船してからずっと、はっきり申し上げてきたと思いますけど」

「じゃあ夫としてはどう思う」

「なぜそんなことを？」

「ただのおしゃべりだ。暇つぶしにはいろいろ工夫しないとな。まあ、答えてみなさい」

「考えたこともありません」

「じゃあ考えてみてくれ。もちろん冗談として」

「そう言われても、考えようがありません。あなたはわたしの父でもおかしくないお歳なのに」

「色好みの年寄りと一緒にするな。女に色目を使うような年齢はとっくに過ぎたし、今後もそのつもりはない。結婚というのはなにも抱き合うためと決まっているわけじゃない」

「だとしたら、わたしとの結婚にどんな意味があるんでしょう」

「愉快だからだよ。知らんだろうが、この歳で、これほど資産があると、愉快な遊びなどめったに見つからない。あんたはばか正直なのか、とんでもなく悪賢いのか、どちらかわからない謎の女だ。その謎は結婚でもしなければ解けないだろう。それに、結婚することでわたしがなにを失うというんだ？　一人食い扶持《ぶち》が増えるくらい痛くもかゆくもない。わたしの夢にしたって、いまさら破れる心配などない。どうだね？」

「そんな、あまりにも突然で答えられません。生活ががらりと変わってしまうし。正直なところ、わたしには想像もつきません」

「考えてみてくれ、メーナーさん。だが返事に時間がかかればかかるほど、わたしを傷つけることになると承知しておいてくれ」

「あの、わたしのほうからも伺っていいですか？」

彼はなんだと首をかしげた。

「あなたはもっともらしい理由を口にされましたけど、ではわたしのほうは、いったいどういう理由があって結婚することになるんでしょう」

「そういうあけすけなところが面白い。そんなことを訊いてくる女がほかにいるもんか」

「それで、あなたの答えは？」

「わたしは金持ちで、年寄りだ。それ以上の理由が必要か？」

「それじゃあんまりです。商売女に対してだって、もう少しまともな理由を見つけられるでしょうに」

リッチモンドは面白くてたまらないらしく、笑いだした。

「正直なところ、ほかにあんたに言ってやれる理由などないぞ」

「では考えておいてください。プロポーズは本気だとわたしに思わせたいなら」

そしてヒルデは立ち上がった。

「荷物をとってきます」

リッチモンドの乾いた手がヒルデの手をつかんだ。

「人間らしい人間などそうはいないものだ。わたしが人嫌いだからといって、あまり責めないでくれ」

ヒルデは答えなかった。

ホテルのボーイたちが出てきて、リッチモンドを車に乗せた。またしても大仕事で時間がかかったが、そのあいだずっと、リッチモンドはヒルデガルトから目を離さなかった。

そして彼女が傍らに乗り込むと、今度は目を合わせずにこう言った。

「わたしは体が不自由で、哀れみに値する老人だ。それはあんたにとってのまともな理由にならないか？」

「とんでもない。それはあなたもご存じのはずです」

すると彼は安心したようにため息をもらし、その後二人は船に戻るまで月並な会話しか交わさなかった。

二人はその三週間後にアテネの沖合で式を挙げた。船乗りの習わしにより、船長が牧師の代わりを務めた。

忠実な秘書であるアントン・コルフが手続き全般を引き受け、ニューヨークと何度もやりとりをして細部を詰め、カール・リッチモンドの再婚を一つの瑕疵《かし》もなく正式なものとした。そしてその事実はセンセーショナルなニュースとして各紙の社交欄を沸かせ、電送写真が一面を飾りもした。リッチモンドの弁護士たちはあたふたし、祝いの手紙にも、若い花嫁に早くお目にかかってどういう方か知りたい、と書き添えるのを忘れなかった。

ヒルデガルトは一夜にして国際的著名人になったが、彼女自身はそのことを知らなかった。なにしろ相変わらず海の上で、寄港するのは燃料と食料の補給のためだけだったのだから。

船上での暮らしも表面上は以前と変わらなかった。唯一の変化といえば、ヒルデガルトが宝石箱の中身を自由に使えるようになったことくらいだ。だが奉公人たちは、態度にこそ出さないものの、いきなり女主人にのし上がった彼女に我慢がならないようで、白い目で見た。

そんななか、アントン・コルフだけは晴れやかな顔をしていた。彼の願いはどうやら叶ったようだ。世界的大富豪の腹心の部下として、コルフは重要書類をすべて掌握しているので、そのなかのメーナーという姓をコルフに書き換えるのは容易なことだった。

しかも法的には、この意外な父娘関係を公にする義務はない。そもそもここまで来たら、これ以上獲物を追い込む必要もない。ヒルデガルト・メーナーはいまや正真正銘のカール・リッチモンド夫人であり、世界有数の資産家の未来の遺産相続人になったのだから。

〈幸運丸〉は老いた新郎と若い新婦を乗せて海原を走りつづけた。新郎は新しい生活を大いに楽しみ、青春を取り戻そうとしているかのようだった。そして新婦のほうも、名ばかりの妻とはいえ、こんなお伽噺も悪くないと思っていた。相手がなにも求めない老いた夫であっても、この結婚には普通の恋愛結婚よりいいところが山ほどあった。

彼女は彼女なりに夫に馴染んでいった。夫の気まぐれも彼女にはもう関係なかった。彼女に対しては、彼もできるかぎりの優しさを見せてくれた。それどころか楽しませてくれることもあり、チェスやとりとめもないおしゃべりで過ごす二人きりの時間は、けっしていやなものではなかった。彼女が夫に対して感じていたのは穏やかな愛情の萌芽のようなもので、夢にまで見た贅沢な暮らしのなかでは、そのほうが激しい情熱よりふさわしいものだったに違いない。

つまりなにもかも順調だった。順調すぎるほど、なんの支障もなかった……。

だからこそ、ヒルデガルトは警戒するべきだった。映画や小説ならこれでもいい。だが人生というのはもっとはるかに奇抜な冒険であり、そのことをいままさに人生そのものが、思いがけない方法で証明しようとしていたのだから。

だがドイツ人であるヒルデガルトは、少々感傷的だったのだろう。自分の居場所が正式に与えられたことで、恐れるものはなにもないと思い込んだ。

それでも人生は、おそらくは彼女の無邪気さに免じてのことだろうが、新婚旅行に相当する猶予を与えてくれた。それはアテネからニューヨークまで続き、そのあいだはなんの憂いもなく、ただ胸躍る寄港と、楽しい思い出と、見事な風景ばかりが続いた。

いちばん楽しかったのはバミューダ諸島のハミルトンに立ち寄ったときだ。老いた夫は船に残ったが、若い妻には町での滞在を楽しんだらいいと言ってくれた。

戦争に青春を奪われた彼女にとって、ハミルトン滞在はまさに新世界の発見だった。彼女は大富豪の美しき夫人として、暇をもてあましたこの町の金持ち連中の注目の的となった。悪口を言ったり嫉妬したりする人もいたが、それも最初のうちだけで、すぐに受け入れられた。気晴らしの種に乏しいこの町では、目新しい存在は貴重なのだ。だから人人は彼女のためにパーティーを開き、そこには驚くほどの美男も集まってきて、消えてなくなったはずの彼女の官能を呼び覚ました。

夜ごとのパーティーはすばらしかった。そのすべての要素が、頭だけではなく体で生きろと囁きかけてきた。生い茂る植物、エロティシズムが息づく風土、じっとしていられなくなる音楽、そして日に焼け、たくましく、しなやかな男たち。彼らはビーチで遊んだあと、踊ろうというあいまいな口実で女を抱きしめるのがじつに巧みだ。そんな男たちと戯《たわむ》れ、それじゃあ、またと別れ、今日はどうと誘い、そして誘惑に負けそうになったところで相手を変える。それはこれまで身を置いたことのない環境であり、抗《あらが》いようがないほど引き込まれる世界だった。彼女はその世界を大いに堪能し、惜しげもなく金を注ぎ込み、人生は生きるに足るものだと知った。

その様子を見て、こういう女とあの歳で再婚に踏み切るとは、カール・リッチモンドはなんと達者な老人だと人々は驚いた。そしていずれ若妻がスキャンダルを引き起こすに違いないと囁き合い、リッチモンドを笑いものにした。なかにはヴォードヴィル顔負けの悲喜劇が繰り広げられるのではないかと言う人もいた。だが期待に反してなにごとも起こらず、ゴシップ記者たちは当てがはずれてしまった。

結局のところ、ハミルトンは寄り道の一つにすぎなかったわけだ。

リッチモンド夫妻のその後の予定は、ニューヨークからカリフォルニアに飛んで冬を過ごし、春になったらフロリダに移動してそこから〈幸運丸〉に乗り、メキシコ経由で南米に向かうというものだった。

ヒルデガルトは有頂天だった。夫はニューヨークの屋敷にいったん落ち着いたら、彼女のためにパーティーを開くことも約束してくれた。船は一日、また一日と憧れの大都会に近づき、彼女は到着が待ち遠しくてたまらなかった。

入港が数日後に迫ったとき、アントン・コルフがちょっと話があるんだがとヒルデガルトの部屋に顔を出した。

二人は成功の喜びを分かち合う秘密の笑みを交わした。

ヒルデガルトはウィスキーを相手の好みに割って出し、それからベッドに座って彼の言葉を待った。

「結婚式以来、ほとんど顔を合わせる機会がなかったな。父親としては少々寂しくはあったが、例の件についてはこっちも時間を無駄にしちゃいない。きみが船を下りて大いに羽を伸ばしているあいだに――いや、責めているんじゃないぞ――きみの未来のために、ひいてはわたしの未来のために着々と準備を進めたよ。

カンヌでも言ったが、リッチモンドの遺言書は慈善事業めいた活動に遺産のほとんどが行くように作られていて、それをどうにかしてきみに有利なものに書き換えさせる必要があったからね。それがこの件でいちばん気を遣う、厄介な部分だった。わたしから提案するのもおかしな話だから、彼自身が自らそう決断するように巧みに誘導しなけりゃならない。疑われないように、彼がそうしたいと言いだしたときもわざと反対してみせたほどだよ。だがようやく、その離れ業をやってのけたと胸を張って報告できることになった。文書はリッチモンドが自らしたため、立会人の前で署名された。あとはニューヨークに着き次第提出すれば完了する。つまり、これできみの未来は安泰だ」

ヒルデガルトは笑いだした。

「おかしな人。そんなに急ぐ必要はないのに。主人はかつてないほど体調がいいんだし」

「結婚は若返りの妙薬だからな。だがなにごとも先手必勝だ。とにかく準備は整った。それに、いったん船を下りたらきみたちはカリフォルニアに向かうわけで、リッチモンドと遺言書の話をする機会などなくなるだろうから」

「それで、その遺言書、わたしに関係する部分はどうなってるの？」

「きみに有利な内容だよ。とんでもなく有利だ。基本的に全資産がきみのものになる。唯一の条件は、彼がこれまで出資してきた病院、老人ホーム、現代アート美術館各一施設と、二、三の地味な慈善事業を引き継ぐことというものだ。その程度ならちょうどいい気晴らしになるんじゃないか？　どこも毎年きみを招いて盛大な宴《うたげ》を催すだろう。報道陣もやって来て、きみは亡きリッチモンドの胸像の前で、短いが気の利いたスピーチをするというわけだ」

「それで、あなたの立場はどうなるの？」

「いまと変わらない」

「その慈善事業だけど、資産の一部を吸い上げられてしまうんじゃない？」

「いや、たいした金額じゃないさ。資産総額から考えたら微々たるものだ。ところで、この際、われわれのあいだのちょっとした問題を片づけておきたいんだが、協力してくれるかな？　今日は金曜で、船は遅くとも月曜にはニューヨークに着く。あの都会は初めて訪れる人間を魅了せずにはおかないし、きみはカリフォルニアに発つまでのあいだ社交界の渦に巻き込まれる。つまりわれわれが二人きりになれる機会はしばらくないかもしれない。だからいま片づけておきたいんだ」

「なにをすればいいの？」

「きみが払うことになっている二十万ドルだが、いま小切手に署名しておいてもらいたい。担保としてね」

「まあ、せっかち」

「当然のことさ。カンヌからこっち、きみの立場を確保するためにあれだけ注力してきたんだ。きみはその恩恵を全面的に受けるんだし、少々便宜《べんぎ》を図《はか》ってくれてもいいだろう?」

「文句を言ってるわけじゃないの。あんまり気が早いから驚いただけ」

「でもきみたちはカリフォルニアに発つんだぞ。飛行機は速いし便利だが、危険でもある。もし二人になにかあったら、わたしの分け前も消えてしまう。ここまで来てそんなリスクを負うのは御免だからね」

「心配しすぎじゃない?」

「いや、慎重なだけだ。二人とも死んでしまったら、わたしは二万ドルしか受けとれない。だから小切手はきみに生命保険をかけておくようなものだ。負う必要のないリスクは負わない主義なんでね」

「わかったわ。サインします。小切手帳をとってもらえる? あなたのうしろのライティングデスク、上から二番目の引き出しよ」

コルフは小切手帳をとると、ポケットから万年筆を出して一緒に渡した。ヒルデガルトは煙草に火をつけ、コルフのほうに顔を上げて微笑んだ。

「どうします？　持参人払い？　それとも記名？」

「もちろん記名だ。わたし宛、線引きで。いざ換金しようというときに文句をつけられたくない」

ペン先のきしむ音がしばらく続いた。

「日付も入れる？」

「もちろん。どうせなら正式でないと。あとはサインだ。いいか、ヒルデガルト・コルフ＝リッチモンドと……。よし、できた。助かるよ」

コルフは小切手をそっと振って乾かすと、ワニ革の札入れを出し、慎重な手つきでそのなかにしまった。

「あとはニューヨークでのきみの社交界デビューがうまくいくように祈るだけだ。わかってるか？　アメリカ中がきみに注目してるんだぞ。ああ、そんな顔をするな。すぐに慣れるさ。ただ、記者連中のためにちょっとした言葉を用意しておいたほうがいい。そうでないと解放してくれないぞ」

「あなたも一緒にいてくれるんでしょう？」

「ああ、だがたいした役には立たないな。スターはきみであって、わたしじゃないんでね」

第二部

日曜日は主のために過ごす日とされている。礼儀をわきまえた人々はみな教会に、あるいは寺院に行って礼拝する。だがなかには特別に選ばれて、主に直接まみえるという光栄に浴する人もいる。つまり日曜に息を引きとった人々だ。

カール・リッチモンドもその一人だった。彼がどれほどの独裁者だったとしても、階級だけはわきまえていたようで、日曜日の朝早くから、すでに創造主の前に進み出る準備ができていた。

死んでいることに気づいたのは、朝食を共にするために夫の船室に行ったヒルデガルトだった。

体に触れるまでもなく、もう生きてはいないとわかった。ひと目見ただけで、枕にもたれた上半身が硬直しているとわかったし、本を手にし、ベッドランプもついたままだった。昨夜眠る前に本を読んでいて、そのまま息を引きとったのに違いない。胸はくぼんだまま持ち上がらず、顔もすっかり血の気を失い、焦点の合わない動かぬ両目がヒルデの体を透かして遠くを見ている。

ヒルデは戸口で立ちすくみ、しばらく動けなかった。目の前の光景がすぐにはのみ込めなかった。抑揚のない声で二度ほど声をかけ、その自分の声にびくりとし、それからようやくぎごちない動きでドアを閉めてベッドに近づいた。

夫のほうに手を伸ばしたものの、触れる勇気がない。ほかの方法で確かめようと、夫の目の前で何度も手を振ってみたが、その目はやはり動かなかった。

へなへなとベッド脇の椅子に腰を落とし、そのまましばらくじっとしていた。気が動転してなにも考えられなかった。

つまり夫は夜のうちに死んでいた。でもなぜ？　何時に？　具合が悪くなったときになぜ人を呼ばなかったのだろう。そんな疑問が次々と浮かんできて、ほかになにも考えられない。

呼び鈴は手の届くところにあるのに、夫は使わなかった。ヒルデは無意識に、いつもナイトテーブルに置いてある品々を確認した。グラスを手にとって回し、においを嗅いでみたが、底に少し水が残っているだけでなんのにおいもしない。水差しには四分の三ほど残っていたが、そちらもただの水のようだ。ヒルデは途方に暮れた。昨夕も今後の計画を立てたり、アメリカでの暮らしについて質問攻めにしたりして一緒に過ごしただけに、突然の死が理解できず、言葉を失っていた。向かい合わせで遅くまで話し込んでいたのに。十時ごろ、いつものようにジャマイカ人がワインとビスケットを運んできて、そのあともひとしきりおしゃべりに興じたが、ヒルデのほうが先に疲れてしまい、もうやすむからと部屋を辞したのだった。

それなのに、朝来てみたら死んでいた。夫は貧乏人のように、たった一人で死んでいった。

それからゆっくりと、ほんとうにゆっくりと頭が動きはじめ、こうしていてはいけない、なにかしなければと思いはじめた。すると麻痺状態が不安と恐怖に切り替わった。

ヒルデは立ち上がり、戸口に向かった。死者の視線が背中に注がれているのを感じ、早く部屋を出たいと気が急いた。そしてドアを開けたそのとき、食器がかちゃかちゃいう音が聞こえてきた。ジャマイカ人がワゴンで朝食を運んでくる音だ。なかに入れてはいけないと思い、とっさにドアの内側に差してあった鍵をとって外からかけた。と同時に通路の奥にワゴンが現われ、ヒルデは大急ぎでドアを離れて大股で通路を行き、半ばあたりのところでジャマイカ人とすれ違った。目を合わせないようにしたが、相手はこちらをしげしげ見ているようだった。

どうするのか早く考えなければ。いや行動しなければ。ここは狭く閉ざされた世界だから、なにごとも長くは隠しておけない。

ヒルデはそのまま夢遊病者のようにコルフの船室まで行った。そして何度もノックしつづけ、なかから「どうぞ」と声がしたときにはもう半狂乱になっていた。

ヒルデが勢いよくドアを開けると、髪が寝乱れ、ひげが伸び、ねぼけまなこのコルフが、いきなり射し込んだ光のなかでベッドに片肘をついて身を起こし、まぶしそうに目をしばたたいた。そして片手でパジャマの襟《えり》を立ててあくびを隠した。

ヒルデは動揺していたにもかかわらず、相手の起き抜けの姿を見て一瞬コルフとは思えず、少々面食らった。いっぽうコルフのほうもヒルデが自分の部屋に飛び込んできたのに驚いたようだったが、それでも椅子をすすめ、ベッドランプをつけた。

「死んでるの」ヒルデはいきなり言った。

「誰が」

「カール・リッチモンド」

一瞬の沈黙のあと、コルフはベッドの上で跳ね起きた。

「なんだって?」

「いつものように一緒に朝食をとるつもりで部屋に行ったら、もう死んでいて」

「なぜ死んでいるとわかった」

「なぜって、うまく言えないけど、間違いない。動かないし、こっちをじっと見たままだし、本も手にしたままだし。思い出すだけでぞっとする……。昨日の夜も、つい昨日よ、遅くまで一緒に話をしたのに」

「落ち着くんだ。誰かに知らせたか？」

「誰にも。だってまっすぐここに来たから」

コルフは年齢を感じさせない敏捷な動きでベッドを出て、絹のガウンを羽織《はお》った。

「誰にも言っていないんだな？」

「ええ、あなたが最初」

「ほかの連中に知らせるのはもっとあとでいい」

「でも、なにができるっていうの？　言ったでしょ、死んでるって。この目で見たんだから。しばらく部屋にいてずっと見てたんだから」

「それでも自分の目で確認したいね。リッチモンドが誰にも気づかれずに死ぬなんて信じられない。さあ、戻るんだ。一緒に行くから」

そして彼はドアを開けて歩きだし、ヒルデも先ほどと同じようにまた夫の部屋へ向かった。心臓が早鐘を打ち、動揺と不安と恐怖で胸が締めつけられる。

部屋の前まで来ると、ヒルデは言うことを聞かない手でポケットを探り、どうにか鍵を取り出した。だが震えがひどくて鍵穴に差し込むことができず、コルフに代わってもらうしかなかった。コルフはドアを開けて彼女を先に入れ、続いて自分も入ってそっとドアを閉めた。

ヒルデは思わず両手で顔を覆って亡骸《なきがら》を見ないようにしたが、そのあいだにコルフがすばやく近づいて脈をとり、少ししてから首を振って手を離したのはわかった。

「まずい」と彼はつぶやいた。「これはまずい」

「まずいって、なにが？」

「こんなに早く死んだことがだ。こっちの計画上、ひどくまずい。それにしてもなぜ急にこんなことに。きみはどう思う？」

「わかるわけないでしょ」

「まだ冷たくなっていないから、死んだのは明け方近くだろう。泣いてる場合じゃないぞ。急いでなにか手を考えないと計画が頓挫《とんざ》する」

「どういうこと？」

「遺言がまだ正式に登録されていないからだ。このままだと遺産はわれわれの手をすり抜けてしまう！」

「でも、どうすればいいの？」

「わからない。ちょっと考えさせてくれ。何時に見つけた？」

「だからついさっきよ。そのあとすぐあなたのところへ行ったんだから」

コルフは部屋のなかを行ったり来たりしはじめ、ヒルデはそれを目で追った。

途中でおずおずと声をかけた。

「お医者さまを呼んだほうがよくない？」

コルフは反応しなかった。と思ったらいきなりヒルデの前で足を止めた。

「きみはばかか？　彼はもう死んでいて、医者にも誰にも手の施しようがないことがわからないのか？　できることがあるとすれば医者じゃなくて彼のほうだ。こっちがうまく立ちまわれば、彼がわれわれを助けてくれる。数百万ドル（現在価値で数千万ドル）はそこにかかっている。きみがいまさら清廉潔白を気どろうというなら、そりゃけっこう。だがこっちはそんなもののためにあきらめたくない」

「わたしがなんのために結婚したと思ってるの？」

「だったらそんな戯言《ざれごと》はやめて、一緒に打つ手を考えろ」

「でも、どんな手があるっていうの。死んでしまったことは、あと一時間もすればこの船の全員に知られてしまうのに」

「ぐだぐだ言わずに状況を直視しろ。ここを切り抜けるにはいますぐ行動しなけりゃならない。よく考えてくれ。ここを出てわたしの部屋に来るまでに、ほんとうに誰にも知らせなかったんだな？」

「誰にも言ってない。まっすぐ行ったし……。あ、でも、朝食を運んできたジャマイカ人とすれ違ったけど」

「見られたのか？」

「ええ、すれ違ったから」

「それで、彼はここに入ったのか？」

「いいえ、鍵をかけておいたから」

「だとしてもまずいな。まずはそれをなんとかしなけりゃ。わたしは部屋に戻る。きみはここからそのジャマイカ人を呼べ。ただし、なにか口実を設けてなかへは入れるな。とにかく落ち着いて、いつもどおりの口調で話して疑われないようにするんだ。それがうまくいったら、そのあとすぐ士官室で落ち合おう。もちろんそこでも自然に振る舞ってくれよ。秘密の相談めいた様子は見せないこと。わかったな」

「え、ちょっと、死者と二人きりになれっていうの？」

「ほかに方法があるか？」

「そんな、無理よ！　じっとこっちを見てるのに……」

「泣きごとを言ってる場合か。ピンチを切り抜ける方法はたぶんそれしかない」

「どういうこと？」

「まだわからないのか？　きみはいつものように夫と朝食中、そう思わせるんだ。どこにもおかしな点はない。堂々としていればいい。そのあいだに船はニューヨークに着く。ひと芝居打つんだよ。そうすればすべてうまくいく」

　そう言うとコルフはドアをそっと開け、通路に誰もいないことを確かめ、がんばれと拳《こぶし》を握ってみせてから通路に消えた。

ヒルデガルトはドアを閉めたが、夫のほうを振り向く気にはなれなかった。だがコルフが言うとおり、ここは気を強くもつべきだ。なにがどうなればうまくいくのかまるでわからないが、コルフがそう言うからにはいい方法があるのだろう。

ヒルデは内線電話で朝食をもってきてと頼んだ。相手は「かしこまりました」としか言わなかった。さっきすれ違った若いジャマイカ人からはなにも聞いていないようだ。だが安心はできない。あのジャマイカ人はなにか様子がおかしいと思ったかもしれない。そのあと主《あるじ》の部屋をノックし、返事がないのでドアノブを回し、鍵がかかっていると知って驚いたに違いない。ちょっとした違和感にすぎないかもしれないが、それでも疑いの芽は確実に摘んでおかなければ。だからいい加減な芝居ではだめだ。

部屋の静けさが重かった。夫の亡骸が目に入らないように絶えず意識していなければならない。ジャマイカ人はもうすぐやって来る。早く準備しなければ。ヒルデは家具の上に置かれたラジオに目を留めると、スイッチを入れ、煙草に火をつけた。そして乱暴にダイヤルを回してダンスミュージックが出たところで止め、音量を上げ、ベッドランプを消し、バスルームの照明をつけた。使用人の注意をそらすために、夫は身支度の最中だと思わせることにしよう。仕上げに洗面台の蛇口をひねり、室内のほかの照明も消した。

それから戸口へ戻ってドアに耳を当て、外の様子をうかがった。だが部屋には大音量で音楽がかかっているし、体内では心臓のメトロノームが激しく打っているので、よくよく耳を澄まさなければならない。

そこへ例の食器のかちゃかちゃいう音が聞こえてきた。ジャマイカ人だ。ヒルデは腹をくくってベッドのほうを振り向き、最終確認した。だいじょうぶ。目が暗さに慣れないうちは、亡骸は見えないはずだ。

ノックの音がした。

ヒルデは足音を立てないように爪先立ちでバスルームへ走り、水の音にもラジオにも負けない大声でこう言いながら、またドアのほうに戻ってきた。

「違うわよ、カール。わたしは青がいいの。青こそわたしの色だってずっと思ってた。もっと前には……」

そしてベッドが見えないように立ち位置を工夫してからドアを開けた。すると予想どおり、ジャマイカ人はなかをのぞこうとした。ヒルデはにっこり笑ってワゴンに手をかけ、室内に引き入れながら言った。

「カール、朝食よ。あなたは身支度を済ませてね。テーブルの用意をしておくから」

そしてジャマイカ人に下がっていいと手を振ってみせたが、相手は下がろうとしない。今朝はやけにおせっかいで、こう訊いてきた。

「奥さま、カーテンを開けましょうか」

「いいのよ。支度ができたらすぐデッキに上がるから。もうニューヨークが見える？」

「かすかに見えてきました。旦那さまのお手伝いをいたしましょうか?」

「そのときはまた呼ぶわ。あ、それから、湾に入ったら知らせてね」

ジャマイカ人はお辞儀をしようとしたが、ヒルデはそれも待たずに相手の鼻先でドアを閉めた。

思わずドアに寄りかかり、少し呼吸を整えてから部屋の明かりをつけた。これでまたベッドの上の亡骸と二人きりだ。ヒルデは洗面台の蛇口を閉めに行き、ラジオについては迷ったが、結局そのままにした。それから部屋を出てドアに鍵をかけ、その鍵を手にして自分の部屋に戻って着替えると、コルフがいるはずの士官室に急いだ。

彼は約束どおりそこで待っていた。先ほどの寝起きの乱れはどこにも見られず、いつもの完璧な身だしなみに戻っている。そしてウィスキーグラスを手元に置き、のんびりと雑誌のページをめくっていた。

コルフは用心しろと鋭い一瞥を投げてから、さりげなく立ち上がり、ガラス越しに周囲を見て、ほかに誰もいないことを確かめた。それからテーブルの反対側に座り、穏やかな笑顔で訊いた。

「うまくいったか?」

ヒルデが説明しようとすると、コルフが手で制した。細々した説明はこの際必要ないと目と手が言っている。

「笑顔だ。これは雑談なんだから。いつ誰が入ってくるかもしれないんだぞ。そんな顔じゃすぐに疑われてしまう」

「これからどうするの?」

「なにもしない。考えてみたんだが、やはりそれしかない。なにもせず、カール・リッチモンドが生きているように振る舞う。それしか道はない」

ヒルデはごくりと唾をのみ、わけがわからないまま彼を見つめた。

「今日の夕方にはニューヨークに着く。きみの夫はかなりの変わり者で、誰もが知る人間嫌いだ。しかも長旅で疲れている。だから船を下りたあと、今日は誰とも会わない。そういうことはこれまでにもあったからおかしくはない。遺言書は明日には登録される。そして奇妙な偶然により、そのあときみの夫は心臓発作を起こし、医者が死亡診断書を出す。それなりのものを渡せば、うまくやってくれる医者を何人も知っている。そしてきみはこの国きっての金持ちの未亡人になり、その父親であるわたしもなに不自由ない暮らしができる。これ以上の方法があるか?」

ヒルデはまだわけがわからず、口を開けたまま眉間《みけん》にしわを寄せた。

「ほら、笑うんだ。きみはどう思う?」

ヒルデはどうにか言葉を紡いだ。

「わたしたちは好奇の目にさらされるって、あなた言ったじゃない。報道陣や野次馬の群れが待ち受けているって。それなのに、どうやって死者と一緒に船を下りられるっていうの？」

「少しは頭を冷やせ。ニューヨークに着くのは夕方だと言ったろう？　だからわれわれに有利だし、連中の応対ならわたしが心得ている。それにきみの夫は体が不自由で、その点は願ってもないほど好都合だ。車椅子に座らせ、サングラスをかけさせ、帽子を目深《まぶか》にかぶせればいい。ニューヨークの屋敷には車椅子のまま乗れるようにした特殊な車があって、それが迎えに来るから問題ない。屋敷に着いたらすぐ部屋にこもり、面会をすべて断ればいい。きみがあいだに立ってそう伝えるんだ」

「そんな、誰もが話をしようと寄ってくるに決まってるのに！」

「それをきみが追い払う。ジャマイカ人をごまかせたのならもう一度やってやれないことはないだろう？　同じ調子でやればいいんだ。それに、いったん家に着いたらドアを閉めればいいだけだから、簡単だろう？」

「あなたがいてくれないと無理よ。一人じゃとてもできない」

「きみの手をとって励ますためにか？　ばかばかしい。いいか、こっちはこっちでやらなきゃいけないことがある。弁護士のことも医者のこともあるんだから」

「でもそれ以前に、今日のうちにも使用人たちがおかしいと気づくに違いないもの」

「それこそきみの態度次第だ。リッチモンドが部屋に閉じこもるのはこれが初めてじゃない。それに、ニューヨーク帰港はこの船の全員にとって一大イベントで、誰もが気もそぞろになっている。肝心なのはいまやるべきことをさっさと片づけること。きみも手を貸してくれ。気分のいいことじゃないが、やるしかない」

「このうえなにを？」

「彼に服を着せて、車椅子に座らせるんだ」

「そんなこと無理に決まってるでしょ」

「いや、やってもらうよ。時間がない。急がないと死後硬直が始まって動かせなくなる。先に彼の部屋に戻っていてくれ。わたしは丈夫な紐をどこかで手に入れてから行く」

「紐？」

「タラップを下りるときに彼が車椅子から転げ落ちたら困るだろう？」

ヒルデは思わず身震いしたが、どうにか我慢してコルフの指示に従った。

死者に下船の身支度をさせるという不気味な幕間《まくあい》狂言には、かなりの時間がかかった。ヒルデはそのあいだずっと悪夢を見ている気分だった。そんな彼女をばかにするように、ラジオはフランキー・レインの最新ヒット曲を流しつづけ、死体のほうは硬直が進んでいった。

幸いなことに、冷静沈着なコルフがほとんどの仕事をやってくれた。遺体に服を着せ、車椅子に座らせ、何本もの紐で車椅子に固定し、それをジャケットでうまく隠す。脚は毛布で覆い、足首のところで左右を結んで足板に固定する。首にも紐を回し、肩甲骨のあたりを縛った紐と結び、マフラーで隠す。最後に、リッチモンドが外に出るときよくかけていたサングラスをかけさせ、帽子を目深にかぶせた。

仕上がってみると出来は上々で、とても死んでいるとは思えなかった。これなら周囲の目をごまかせそうだ。

薄気味悪い仕事が終わると、コルフは失神寸前のヒルデにウィスキーを注いでくれた。

「よく聞け。埠頭《ふとう》に着いたら、そこからは計画のすべてがきみの肩にかかっていると思ってくれ。誰も近づけるな。車が埠頭で待っているように電報で手配しておく。船から車までの距離は短いが、そこがいちばん見破られる可能性が高い。誰にも疑いを抱かせるなよ。一秒たりとも気を抜くな。屋敷に着いたらすぐ部屋に連れていき、閉じこもること。そこまでできれば、あとは誰が来ても追い返せばいいだけだから楽だろう。ただし、夕食は運ばせるんだぞ。どうにかして二人分平らげてくれ。皿は空にして返す。それから会話を装うことも忘れるな。部屋のすぐ外で使用人が聞き耳を立てるだろうからね。いいか、きみの夫は体調を崩しているのであって、死んでいるわけじゃない。それさえ忘れなければうまくいく……。それ以外のことはわたしに任せてくれ。なにがあろうと誰も部屋に入れるな。きみのほうからは誰にも連絡するな。連絡はわたしからする」

「でも、もしそのとおりに事が運ばなかったら？」

「あれこれ心配せずに言われたことをやるんだ。たった一日のことじゃないか。運悪く不測の事態が起きて窮地に陥ったら、わたしが行くまで誰の質問にも答えるな。わかったか？」

「恐ろしくて……心臓が止まりそう」

「この状況なら誰でもそうなる。さあ、デッキにでも出て、少しゆっくりしてくれ。人目につくところにいたほうがいい。きみはニューヨーク到着をあんなに楽しみにしていたんだから、せっかく陸が見えてきたのに部屋にこもっていたんじゃおかしいぞ。ほら、もう少し飲んで、元気を出せ」

　ヒルデは血の気が引いたまま、車椅子に座った死者から目を離すことができなくなっていた。するとコルフが耳元に口を寄せて囁《ささや》いた。

「明日になればきみは大金持ちで、すべては過去の悪夢にすぎなくなる。これから手にする資産の額を考えたら、いまが少々苦しいくらいどうということはない」

　そしてその後の展開は、ほんとうに悪夢のなかの出来事のようだった。ヒルデガルトはもう一人の未知の自分が行動するのを外から見ているような気分だった。その分身は落ち着いた声で堂々と振る舞っていたが、それを見ている本人のほうは頭のなかに大きな割れ目ができて、そこにのみ込まれそうになっていた。それはまさに綱渡りで、少しでもバランスを崩せばまっさかさまに落ちそうだった。

だが幸いなことに、船員は操船にかかりきりで彼女に注意を払わなかったし、使用人も下船のことしか頭になく、それぞれが準備に忙しかった。つまりコルフの言ったとおりだった。ニューヨーク到着を目前に控えて誰もが注意散漫になり、ヒルデガルトに有利な状況が生まれていた。

入念な化粧で顔色の悪さを隠し、首に双眼鏡をかけたヒルデガルトは、ようやく輪郭がはっきりしてきた海岸のほうに首を伸ばし、わくわくしているふりをした。あと数時間で入港手続きのために係官が乗船してくるだろう。それまで少しだけ余裕がある。空は澄み、海は凪《な》いでいた。あたりは静かで、聞こえるのは機関室から上がってくる音だけだ。船内では誰もが持ち場についている。車椅子に固定された死者もその一人で、舞台に上がる瞬間を待つばかりとなっている。

すべてはゆっくりと始まった。あまりにもゆっくりだったので、岸壁ばかり見ていたヒルデはもうニューヨークにいるのだと気づかず、検疫艇《けんえきてい》が横づけしてようやく猶予期間の終わりを知った。

ヒルデは本能的に士官室に身を隠し、検疫官を迎えるコルフの一挙手一投足をガラス越しに見守った。だがそこからでは声が聞こえず、どんなやりとりをしているのだろうと想像ばかりが先走る。そのせいか、時が止まったようにも思えた。ヒルデは苛立《いらだ》ちと不安からひたすら煙草を吸いつづけ、わずか数百メートル先に立つ自由の女神にさえ目を向ける余裕がなかった。

それから船はイーストリバーを進み、やがてロングアイランド湾の手前にあるフォート・トッテンの前を通った。

不意にエンジン音が聞こえたと思ったら、ドアが開いて笑顔のコルフが入ってきた。

「順調だよ」コルフはヒルデを安心させるためかすぐに言った。

「あとどれくらいで岸に？」

「接岸作業は時間がかかるものさ。しかも幸いなことに、いまの時期はまだ日が短い」コルフはにやりとした。「だからきみはニューヨークの夜景のなかを車で行くことになる。昼間よりさらに魅力的な街を」

「よく冗談なんか言っていられるわね」

「きみがひどい様子だから、必要に迫られてね。そんな調子では疑り深くない連中にさえ怪しまれてしまうぞ。たぶん明日まで会えないだろうから、もう一度言っておく。たとえなにがあっても、わたしと再会するまではなにもするな。弁護士のところで手間取るかもしれないが、なるべく早く医者を連れて屋敷に行くから」

一人取り残されたヒルデガルトは、船員たちの作業を見て気を紛《まぎ》らそうと思った。だがなにもかも時間がかかるうえに雑然としていて、面白くはなかった。

街並に目を移してみても、巨大な都会はどこかよそよそしい。うっすらと霧がかかりはじめ、摩天楼にちらほらと光が瞬き、湾には夕闇が迫りつつあった。ヒルデはタラップを降ろす作業を見に行った。船員たちは作業に集中していて、彼女に気づきもしない。

ヒルデは孤独を感じ、胸にぽっかり穴が開いたような気がした。

ふと気づくと、すぐ横に使用人が立っていた。

「今夜は屋敷のほうにお泊まりですか？」

ヒルデはぽかんとしてしまった。

「旦那さまにもう下船できるとお知らせしましょうか？」

「え、でも、ここは？」

「もう到着しましたよ、奥さま」使用人は少々当惑気味だった。

改めて左舷に目をやり、ヒルデは夢から覚めたようにはっとした。

いつの間にかエンジン音が止まり、タラップが降ろされている。途中まで作業を見ていたはずなのに、なぜ気づかなかったのだろう。

埠頭には無表情に立ち尽くす人の群れができていたが、恐れていたほどの人数ではなかった。タラップを下りたすぐ先には大型の黒いリムジンが停まっている。ヒルデはその場の状況をひと目で把握し、音とにおいを再認識した。自分はなにをぼうっとしていたのだろう。眠っていたのだろうか。さあ、行動しなければ。この使用人を遠ざけなければ。しっかりしなければ！　もしかしたらぼんやりしているところを見られ、様子がおかしいと思われたかもしれない。

「わたしの部屋へ行ってコートとハンドバッグをとってきてちょうだい」

使用人は一礼して立ち去った。自分が寒さに震えていることに、ヒルデはそこでようやく気づいた。

夫はもうなにもできないのだから、自分が主人として指示を出すしかない。コルフもこう言っていた。「下船のときからがきみの出番だ。抜かるなよ。誰も助けてくれないからな」

あと何時間かの辛抱だ。それですべて終わる。だがそのあいだは自分しか頼れない。勇気を出して夫の部屋に下りていき、ジャマイカ人たちを呼んで車椅子ごと移動させなければならない。まず通路に出て、船内のエレベーターへ、そしてデッキからタラップへ、そこを下りてリムジンへ。こんなに長くて面倒な移動となったら、そのあいだにジャマイカ人たちもなにか気づくのではないだろうか。いつもなら車椅子が揺れるたびに悪態をつくリッチモンドが、今日はなにも言わないことに違和感を覚えないだろうか。

ヒルデは体の震えを止められず、胃もひっくり返りそうだった。

先ほどの使用人がコートとバッグを手にして戻ってきて、ヒルデがコートを羽織るのを手伝った。それから戸惑い顔でヒルデのほうをうかがった。下がっていいのかどうか迷っている。

「荷物をお願いね。明日の日中に屋敷に届けてちょうだい」

そしていよいよ覚悟を決めて、ヒルデは夫の部屋に下りていった。

部屋に入るなり車椅子の死者が目に入り、背筋がぞくりとした。だが幸いまどろんでいるように見えるから、そこをうまく利用しなければ。ヒルデは車椅子をひと回りし、疑われないように死者の仮装をあらゆる角度から細かくチェックした。見えないところにうまく紐を使ったのが功を奏し、手袋をはめ、下半身を毛布で覆われた老人は居眠りしているようにしか見えない。

ヒルデはジャマイカ人たちを呼んだ。一服したかったが我慢した。ここはもう刺激物に頼っている場合ではない。

ジャマイカ人が二人入ってきた。いつノックの音がしたのか、ヒルデにはわからなかった。

二人は入ってくるなり、微動だにしない主人をじっと見つめて立ち尽くした。その数秒の沈黙にヒルデは恐怖を覚え、とっさに車椅子に近づいて、夫の首に巻いたマフラーを少し口元のほうに引き上げた。

「カール、しゃべらないほうがいいわ。外は湿気てるから。風邪をひかないように、マフラーでこうして覆っておいてね」

そしてすぐに振り向いた。夫が反応しないことに気づかせないためだ。

「車までお願いね。十分に気をつけて。主人は体調があまりよくないから、早く家でやすみたいと言っているの」

それでもジャマイカ人たちが動かないので、ついきつい口調になった。

「いつまで突っ立ってるつもり？」

すると二人は慌《あわ》てて車椅子に近づいた。

ヒルデはしまったと思い、危うく叫ぶところだった。

「あ、あなたはわたしの部屋から手袋をとってきて。そしてあなた、あなたが車椅子を押してちょうだい。一緒に行きましょう」

二人はおとなしく従った。

こうして一人は部屋を出ていき、残った一人が車椅子のグリップをつかんだ。その位置からなら死者の帽子しか見えないはずだ。

「そっとね」とヒルデは念を入れた。

そのジャマイカ人は穿鑿《せんさく》するような目つきではなかったので、ヒルデも安心した。

もう一人は興味津々の様子だったから、少しのあいだでも遠ざけられてよかった。

ヒルデはドアを開け、車椅子とジャマイカ人を通すあいだ押さえていた。通路は狭く、車椅子の横を歩くのは不自然なので、ヒルデはうしろからついていくしかなかった。誰かが寄ってきたら盾《たて》になれるように自分が先を行けばよかったと後悔したが、もう遅い。

目を大きく見開いて、通路に並ぶすべてのドアを警戒しながら歩きだした。ヒルデの自室は夫の部屋より後方にあるので、手袋をとりに行かせたジャマイカ人はうしろから追ってくることになる。

車椅子を押すジャマイカ人はひどく歩みが遅かった。だがそれはこちらが「気をつけて」だの「そっと」だのと言ったからなので、ヒルデの落ち度だ。相手は指示を守っているにすぎない。通路の曲がり角まで来ると、彼は車椅子をうしろに傾け、前輪を浮かせてくるりと向きを変えた。その背に半ば遮《さえぎ》られてはいたものの、ヒルデには夫の頭部が急な動きにもまったく揺れず、不自然に硬直しているのが見えた。ジャマイカ人も気づいただろうか？

エレベーターまで来たとき、もう一人のジャマイカ人が追いついてきて手袋を差し出した。ヒルデはよく見もせずに受けとると、二人にエレベーターのドアを開けるように言い、場所を譲るために車椅子を少しうしろに引いた。夫の不自然な沈黙がますます緊張を呼ぶ。なにか言うことを見つけなければと気が焦る。カール・リッチモンドがこんなふうに黙り込むことなどかつてなかったのだから。

一人が車椅子まで戻ってきて、そっと押しながらエレベーターに乗せた。もう一人は気をつけの姿勢のまま、リッチモンドをじっと見ている。

ヒルデはなんとかしなければとますます焦り、最初に浮かんだ言葉に飛びついた。

「向きを変えて。そのほうが出るとき楽でしょ」そしてすぐ夫のほうにかがみ込んで言った。「カール、心配しないで。車が外に来ているし、家に着いたらすぐベッドでやすめるから」

「旦那さま、かばんをとって参りましょうか？」

「かばん？　どのかばんのこと？」

「どれって、その……いつも書類を入れておかれるかばんで、手元から離されたことがないので」

ヒルデは危険を感じてすばやく切り捨てた。

「余計なことを言わないで。主人は具合が悪いと言ったでしょ」

「でも……そしたらあのかばんはどうすれば」

「知らないわよ！　コルフさんに聞いて。あの人がどうにかするから」

そして二人がうしろに下がらざるをえないように、自分が車椅子の横に立った。

ドアがふたたび開くと、もうデッキの上だ。

船員が一人こちらに歩いてくる。ヒルデは喉がひりつくのを感じながら船員の動きを警戒し、そのあいだ車椅子を押す手が止まった。船員はリッチモンドの前で片手を帽子に当てて敬礼し、そのまま通り過ぎて士官室に入った。呼吸が元に戻るのに少し時間がかかったが、ヒルデはどうにか歩きだし、ジャマイカ人もそれに続いた。タラップまであと数メートル。そのあいだもう邪魔者はいない。

危険なのはタラップを下りてからだ。野次馬がたむろしている。リムジンは数歩離れたところに停まっているので、そこまで群衆の好奇の目のなかを抜けていかなければならない。

しかも運転手の気の利かないことといったらあきれるほどで、降りてきてドアを開けようともせず、ぼうっと運転席に座ったままだ。ぎりぎりまで腰を上げないつもりだとしたら、そこでまた待たされてしまう。

ヒルデはもう我慢できず、運転手のほうを指さしてジャマイカ人に言った。

「車のドアを開けて待つように言ってきてちょうだい。主人が風邪をひいたら困るから」

ジャマイカ人は支柱の穴に通したロープをきしませながらタラップを駆け下りていった。

だがもう片方は、これまたぼうっと突っ立ったままだ。

「ちょっと、なにしてるの」

「一人じゃ車椅子を降ろせません。あいつが戻ってきてからじゃないと」

ヒルデはまたしても叫びそうになった。

野次馬の群れはみな船のほうに首を伸ばし、降りてくる人間を一人も見逃すまいと身構えている。タラップを下りたジャマイカ人はやっと運転手に声をかけたところだ。指示が伝わって彼が戻ってくるまで、ヒルデたちはデッキの上で待つしかなかった。

ようやく制服姿の運転手が降りてきて、後部ドアを開けた。その車は大型のバンでもあり救急車のようでもある。だがありがたいことに窓が小さく、あれなら外からはなにも見えない。ついでに後部をタラップすれすれのところに寄せてくれたらいいのにとヒルデは思ったが、運転手は思いつきもしないようで、片手をドアハンドルにかけ、もう片方の手に帽子をもってただ待っている。

下りていったジャマイカ人が戻ってきて、かがんで足板をつかみ、車椅子を持ち上げた。そしてあとずさりでタラップを下りながら、もう一人と息を合わせて重い荷物を運びはじめた。二人ともバランスを崩さないように一生懸命で、リッチモンドに注意を払う余裕はない。

このすきにとヒルデが群衆を観察すると、どうやら彼らもリッチモンド本人ではなく、バランスを崩しそうな車椅子に気をとられているようだったので、少しほっとした。彼らにとってはサーカス見物のようなもので、車椅子の億万長者がドボンと海に落ちるところを見たいのだろう。それは幸いなことで、これで少なくともタラップを下りるまでは安心だ。

埠頭に降り立つなり、ヒルデはすぐさま車椅子の横に張りついて盾になった。

「奥さま、ようこそニューヨークへ」運転手はここぞとばかりに長口上を始めようとする。

「あいさつはいいから急いで。主人はひどく疲れているの」

そのひと言で二人の関係が決まり、険悪なムードになった。それに気づいた数人の野次馬が成り行きを見ようと寄ってくる。

ヒルデは苛立ち、思わず運転手を押しのけた。

「具合が悪いと言っているのがわからないの？　早く車に乗せてちょうだい」

運転手は敵意むき出しの視線を彼女に投げてから、車椅子のグリップに手を伸ばした。

ジャマイカ人二人は車椅子から手を離してもなお、主《あるじ》から目を離さない。

「早く乗せて」

「はい、奥さま」

三人は命令に従ったが、見るからに不服そうで、これ見よがしに時間をかけた。

車椅子に続いてヒルデも荷物室に乗り込んだ。

「わたしはそばに付き添うから、このまま出してちょうだい」

「前のほうがお楽ですよ」

「いいの、ここで」

怒りがこみ上げ、神経がいまにも切れそうだった。観音開きのドアが大きく開いたままなのに、この男はなぜいつまでもしゃべっているのだろう。これでは周囲に丸見え丸聞こえではないか。

運転手はリッチモンドをじっと見ている。

「旦那さまはお加減が悪いようですね」

「さっきからそう言ってるじゃない。だから早くやすませないと」

「そうですね」

「わかったのなら早く車を出して。おしゃべりはもうたくさん」

「わかりました」と言って運転手はようやく動いた。

　彼は荷物室から降り、帽子をかぶり直し、ドアを閉めた。掛け金をかける音が聞こえ、そこでようやくヒルデの張りつめた緊張が解け、と同時にKOをくらったボクサーのようにへたり込んでしまった。頭が朦朧《もうろう》として、そのあと聞こえた運転席のドアの開閉音も、エンジンの始動音も、夢のなかのこととしか思えない。やがて体が揺れ、車が走りだしたとわかった。

　ヒルデは力の抜けた手でハンドバッグをかきまわして煙草を取り出すと、火をつけて深深と吸った。目を閉じて煙をゆっくり吐きながら気力を取り戻そうとした。

　リムジンはサスペンションがよく効いて、でこぼこした埠頭でもさほど揺れなかった。ヒルデは毛布を敷いたベンチシートに座っていたが、そこは車椅子と向き合う位置にあり、いやでも夫の姿が目に入る。いくら目を逸らそうと思っても、射すくめられたようになって逸らすことができなかった。帽子とサングラスとマフラーに覆われて顔はほとんど見えないが、だからこそ余計、ヒルデには克明に思い描くことができる。哀れだと思う気持ちもないではないが、それより恐ろしさが先に立つ。死者が目の前にいるだけでもぞっとするが、その死者から安眠を奪ったのだと思うと身がすくむ。

いつの間にか車内が暑く、息苦しくなっていたので、ヒルデは座ったままコートを脱ぎ、半袖の黒いブラウス姿になった。おかげで少し気分がよくなり、窓の外にちらりと目をやる余裕もできた。車はペラム・ベイ・パークのモリス・ヨットクラブの前を通り過ぎるところだ。この埠頭はどこまで続くのだろう。と思ったそのとき、運転手の視線を感じた。バックミラー越しにこちらをじろじろ見ていて、その目には敵意とふてぶてしさだけではなく驚きの色も見てとれる。ヒルデは不思議に思いながら反射的に目を逸らした。そして数秒のあいだ煙草のことだけ考えて落ち着こうとしたが、やはり我慢できず、ふたたびバックミラーを見た。二人の目が合った。今度は運転手のほうが目を逸らしたが、いったん前方に向けられたその視線はすぐまたリッチモンドに戻った。それがまたしても驚きの視線だったので、ヒルデはなんだろうと夫に目をやり、ようやく気づいた。

いまやヒルデは両腕を出し、襟ぐりの広いブラウス一枚になっているのに、夫のほうは異様なほど着込んだままだ。口元をマフラーで覆い、帽子を目深にかぶり、ウールの手袋をはめ、脚にも毛布を巻きつけている。

ヒルデの頭のなかで小さいエレベーターのロープが切れて落下した。このままではまずい。だが下手に動いたらかえって見抜かれてしまうのでは？

ヒルデは運転手の視線を意識しながら手際よくコートを羽織り直した。それから夫の顔のほうに手を伸ばし、マフラーを少し緩めて顎の下までおろしてやった。うっかり指先が肌に触れてしまい、その冷たさに悲鳴を上げそうになったが、歯を食いしばって耐えた。

座り直してからバックミラーに視線を投げると、運転手はすぐに目を逸らし、その後は前方に集中した。

車は税関で停まり、運転手が職員とやりとりした。だが職員が後部をのぞくようなことはなく、車はそのまま発車して港を出た。

すでに夕闇も深まり、窓外にこれといって目を引くものは見当たらず、ただ明かりに照らし出された無表情な都会の風景が流れていく。

車はひた走り、繁華街をいくつか抜けたあとはビルもまばらになり、ネオンサインをまぶしく感じることもなくなった。やがてヘッドライトのなかに次々と木立が浮かび上がった。住宅街に入ったらしい。リッチモンドの屋敷もそろそろだろう。

車のなかはもう真っ暗で、目の前にいる夫のシルエットも目を凝《こ》らさなければ見えない。頭痛がしてきたので、ヒルデはまた煙草に火をつけた。

それから少しして、車はようやく停まった。窓からのぞくと煌々《こうこう》と照らされた正面玄関が目に入った。ドーリア式の柱が並び、手前に階段が伸びている。そこに使用人たちが列をつくって姿勢を正し、主《あるじ》を待ち受けている。燕尾服《えんびふく》を着た執事らしい老人が近づいてきた。ヒルデはまたパニックに陥りそうになったが、考える間もなく運転手が後部ドアを開けたので、すばやく自分が先に下りて、車椅子と執事のあいだに立った。

「部屋の準備はもうできていて？」

「もちろんでございます。火もおこしておきました」

ヒルデは無理やり笑顔をつくった。

「ありがとう」

運転手は例によって動こうとしないし、使用人たちも直立不動のままだ。つまり自分が指示しなければならない。それもすぐに。ヒルデは玄関の奥に目をやった。吹き抜けの広いホールに二重螺旋《らせん》階段、クリスタルの巨大なシャンデリア。あれでは細部に至るまで照らし出され、いっさいごまかせないだろう。

こんなふうにまたしても大勢の視線にさらされるなんて。しかも今度は自分以上に夫をよく知る人々の前を行くのだと思うと、ヒルデの勇気はすっかりしぼんでしまった。

運転手も執事もまだ指示を待っている。

そのとき、ヒルデの胸の奥から、自分のものとはとうてい思えない声が流れ出た。それはパニックなど微塵《みじん》も感じさせない落ち着いた声で、愛嬌まで添えられていた。

「主人は眠ってしまったところなの。旅の疲れが出たようだわ。だから起こさないように部屋まで運びたいんだけれど、そんな離れ業《わざ》、できるかしら？」

執事は慇懃《いんぎん》な笑みを浮かべて頭を下げ、それが自信たっぷりに見えて、ヒルデもこれならうまくいくかもしれないと気を強くした。執事の合図で下男が二人やって来て車椅子を降ろすのに手を貸し、そのあいだヒルデは頭痛のする額に手をやり、額も手も燃えるようだと気づいて驚いた。

「もう下がっていいわ」と運転手に言った。「明日の朝、またお願いすると思うけど」

下男が車椅子を押し、その少しうしろから執事が恭《うやうや》しくついていく。

ヒルデは使用人たちに軽く会釈《えしやく》しながら歩いていき、車椅子が階段を上がったタイミングで近くの下男に声をかけた。

「あのシャンデリアを消してもらえるかしら。あんなに明るいと主人が目を覚ましてしまいそう」

下男はすぐさまホールのほうに走っていったが、まずいことに車椅子もどんどん進んでいく。速すぎる。これではシャンデリアが消える前にホールに入ってしまい、丸見えの状態で使用人たちの目にさらされてしまう。そう思ったヒルデはあっと声を上げて足をくじいたふりをした。すると狙いどおり下男たちも驚いて足を止めたので、ヒルデは恥ずかしそうに笑ってみせ、ゆっくり足をさすった。

「どうぞわたしにおつかまりください」と執事が腕を差し出した。

ヒルデはその必要はないと軽く首を振った。

「軽くひねっただけだから、すぐ治まるわ」

そのときにはもうホールのシャンデリアは消え、一階の普通の照明だけになっていた。

「もうだいじょうぶ」とヒルデが言ったのはなにも足首だけのことではない。

車椅子はまた進みはじめた。

「一階のお部屋を用意させました」と執事が言った。「そちらへ夕食をお運びしましょうか?」

「夕食はけっこうよ。主人はこのままやすませたいし、わたしも疲れがひどいから」

そもそも二人分食べるなど、とても無理だ。

「でしたら旦那さまをベッドにお移しするのに若い者を二人行かせます」

ほっといてと叫びそうになったが、辛うじて取りつくろった。

「だいじょうぶ、その必要はないわ」

すると執事が驚いてこちらを見たので、慌てて言い添えた。

「主人はこのところ寝つきが悪くて、せっかく眠ったところだからそっとしておきたいの。目を覚ましたらあなたを呼びます。もしかしたら、そのときに夜食をお願いするかもしれないけど」

安全な避難場所はもうすぐそこ、廊下の先にある。ありがたいことに、若い下男が機転を利かせ、部屋に走っていって照明を消してくれた。残る明かりは暖炉の火だけで、それならなんの心配もない。目前に迫った勝利に胸が高鳴った。

「ありがとう」ヒルデはにこやかに礼を言った。

「今夜はずっと起きておりますので、いつでもお呼びください」

「いえ、だいじょうぶ。あとはやすむだけだから。でももちろん、なにかあればあなたを呼びますから」

執事も下男も戸口に立っている。もう一人の下男が車椅子を押して部屋に入り、そこでヒルデのほうを振り向いて指示を待った。

「ありがとう。おやすみなさい」

ヒルデがそう言ったのを合図に、下男は部屋を出、執事も頭を下げた。

「では失礼します、奥さま。ゆっくりおやすみください。あ、忘れておりました。わたくしはバーンズと申します」

「そう。ではバーンズ、もう下がっていいわ」

そしてドアを閉め――閉めるのが少し早すぎたと言えなくもないが――それで恐怖の旅路は終わりを告げた。もうなにも恐れることはない。この部屋に入る口実は誰にも与えなかった。

そのときになってようやく部屋の様子が目に入った。装飾も調度品も息をのむほど豪華で一瞬目を奪われたが、次の瞬間には、これがすべて自分のものになるのだと思って興奮した。

ヒルデはドアに鍵をかけ、車椅子を部屋の奥のいちばん暗いところまで押していった。それから暖炉の前の大きな肘掛け椅子に腰をおろし、疲れのあまりすぐ眠りに落ちた。


目が覚めると、もう日が高く昇っていて、暖炉の火は消えていた。空腹で胃が痛いほどだったが、呼び鈴を鳴らすのはためらわれた。でも考えてみたらなにもしないでいるほうが疑われる。そう思い直して呼び鈴を鳴らし、それからいやいや死者のほうに目を向けた。だがそうして幸いだった。部屋のなかで帽子をかぶったままとは、いくらなんでもおかしい。ヒルデガルトは鳥肌が立つのを感じながら帽子を脱がせ、続いて手袋も脱がせようとしたが、遺体はすっかり硬直していて、組ませた手をほどくことはできなかった。

仕方がないのでそのまま車椅子を暖炉の前まで押していき、ドアに背を向けるように置いた。ちょうどそのときノックの音がした。ヒルデは戸口をふさぐように立ってドアを開けた。昨夜とは別の下男が立っていた。

「朝食をもってきてちょうだい。それから、今朝は来客の予定があるから、いらしたらすぐここにお通しして」

ヒルデは運ばれてきた朝食二人分を余裕で平らげ、空になったトレイをドアの外に出した。なんだかペンションのようなやり方になってしまったが、厨房で妙な噂が立つのは避けたいし、そのためには使用人を夫から遠ざけておくのがいちばんだ。ヒルデは昨夜、無理としか思えないことをやってのけた。多くの人々の目をくらまし、死者を生きているかのように移動させたのだ。

それを思えば、いま車椅子の上で硬直し、同じく死に絶えた火と向き合っている死者もそれほど恐ろしくない。ヒルデはむしろ、ここまで一緒に来た死者とのあいだに仲間意識のようなものさえ感じはじめていた。

改めて亡骸をよく見た。それはもはや夫ではなく抜け殻にすぎず、ただの肖像のようなものだ。だがそもそも自分は肖像としての夫以外になにを知っていただろう?

ヒルデは肩の荷が下りた思いで立ち上がり、あきれるほど贅沢《ぜいたく》なバスルームに行ってお湯の栓をひねった。

このとき、未来はまさに微笑んでいるように思えた。

ほかにすることもないので、ヒルデは身づくろいにたっぷり時間をかけ、髪を洗い、セットし、これでハミングしないなんてただの偽善じゃないかしらとさえ思った。

居間に戻ったのは十一時少し過ぎで、ヒルデは煙草に火をつけてから、内線電話で来客を待っていることをもう一度伝えた。バーンズは、来客はまだない、数人の新聞記者が押しかけてきたが、これについては当然のことながら追い返したと報告した。そして恭しく、旦那さまの身支度のお手伝いに何人か行かせましょうと言うので、ヒルデはそのくらいのことはわたしがやるからと慌てて断わった。だがバーンズは引き下がらず、では火をおこしに参りましょう、冷たい飲み物をおもちしましょう、ラジオをおつけしましょうとしつこい。

ヒルデは執事の執拗な気配りに辟易《へきえき》し、電話したことを後悔した。

それからなにごとも起こらないまま時が流れ、十五分経ち、三十分経ち、一時間と十五分経った。だが電話は鳴らず、アントン・コルフはやって来ない。

ヒルデの明るい見通しは早くも崩れはじめた。

遅れているだけだと自分に言い聞かせながらも、徐々に増していく不安に耐えられず、むしろ騒動でも起きてほしいと思うほどだった。

家中が静まり返り、人が動く気配もない。みな使用人部屋に集まって、一向に鳴らない呼び鈴に驚きの目を向け、あれこれ言っているに違いない。

もうすぐ昼食の時間になる。なにか手を打たなければ。だが夫の加減が悪いという言い訳はもう使えない。加減が悪いならなぜ医者を呼ばないのかという話になってしまう。口実をひねり出して外出してしまい、外で昼時をやり過ごすのはどうかと思ったが、それもリスクが高すぎるとすぐに思い直した。使用人たちが言いつけを無視して部屋に入ろうとするかもしれないし、かといって外から鍵をかけて出かけるのも不自然だ。

ヒルデガルトはどうしたらいいのかわからないまま窓辺に寄り、カーテンを開け、燃えるような額をガラス窓に押し当てた。

広い庭には何本もの古い大木が枝を伸ばしていて、その合間から、少し先にある高い鉄柵が見えた。あれがこの屋敷の敷地を取り囲んでいるのだろう。厚い芝生、砂利を敷きつめた小路、そして美しく整えられた花壇が貴族の隠居所のような雰囲気を醸《かも》し出している。木々の葉が少し色づきはじめていて、秋の訪れを感じさせる。じきに日が短くなり、夏の暑さは遠のいていくだろう。この冬どんな毛皮を身に纏《まと》うか考えるのは、さぞかし胸躍《おど》ることに違いない。

不意にうしろで小さい咳払いが聞こえ、ヒルデは飛び上がった。振り向くと、戸口に立った執事のいかめしい顔がこちらを見ていた。急いで窓を離れ、戸口まで行ったが、彼はいつからここにいたのか、なにか気づいただろうかと不安になり、動揺のあまり言葉が出なかった。

「何度もノックしたのですが」とバーンズは恐縮した。「お返事がないので、失礼ながら開けさせていただきました」

「なんのご用?」ヒルデは夫の姿を隠す位置に立ってから、どうにか口を開いた。

「勝手ながら、軽い昼食をおもちしました」

「せっかくだけど、おなかが空いていないの」

「しかし、その、旦那さまは?」

「主人は気分がすぐれないので」

「でしたらいつもの先生をお呼びしますので」

「その必要はないわ」と切り返しながら、気分がすぐれないなどと言ったのは失敗だったと思った。

とにかくこの執事を追い返さなければ。いますぐに。

「気分がすぐれないといっても、体調を崩しているわけじゃないの。ただ疲れていて、やすんでいたいだけだから」

「ではベッドにお移しするのをお手伝いしましょう」

「ありがとう。でもいいのよ。助けが必要なときは呼びますから」

バーンズは礼儀正しくはあったが、暴君のはずの主《あるじ》がうんともすんとも言わないのがどうにも気になるようで、簡単に下がろうとはしなかった。

「運転手が来ておりますが、お申しつけになることはございませんか?」

「いまのところないわ」

もう話は終わりだとわからせるために、ヒルデは框《かまち》に手をかけて一歩前に出た。だがその一歩の動きで、リッチモンドがバーンズの視界に入ってしまい、彼はその機会を逃さず主に声をかけた。

「旦那さま、奉公人一同を代表して、この度のご結婚に心よりお祝いを申し上げます」

ヒルデは目を閉じた。バーンズはゆっくり頭を上げたが、もちろんリッチモンドはなにも答えない。

万事休す。

だがそのとき、またしても自分の声らしきものが勝手にこう答えていた。

「ちょうど寝入ったところだからそっとしておいて」そして困ったように、「このごろ夜の眠りが浅くて……」とつけ足した。

バーンズは驚いた顔をしたが、なにも言わずにおじぎをして下がっていった。

ドアを閉めると同時に脚の力が抜けそうになった。こんな緊張にはもう耐えられない。この調子では気を失うか、癇癪《かんしゃく》を起こすかのどちらかで、とても正気ではいられない。コルフはいったいなにをしているのだろう。このままでは万策尽きてしまう。

ヒルデは執事の足音が聞こえないことに気づいた。ということはドアに張りついているに違いない。主《あるじ》の生死に疑問を抱くほどではないとしても、どうもおかしいと首をひねっているのだろう。

使用人部屋は噂でもちきりだろうし、メイドたちの勝手な想像が加われば、噂の内容は過激なものになりかねない。ヒルデガルトがまだ若く美しいことも彼らの反感を煽《あお》る役にしか立たない。彼らの期待に反して、バーンズは使用人部屋に戻っても決定的なことは言えないはずだが、そうなるとますます各人が想像をめぐらし、好き勝手なことを言うだろう。

でも、どうしたらいいのだろう。死者を連れてここを出ていく？　そんなことができるはずもない。なにかうまい手がありそうなものだが、見当もつかない。

不安は高まるばかりだった。時計の振り子の音が響く部屋、不気味な死者の姿、物言わぬ家具、ぽっかりと黒い穴が開いた暖炉……。恐ろしいほどの静けさが唯一の生者であるヒルデに迫ってくる。いくらもがいても逃れようがない。

ヒルデは部屋のなかを歩きまわりはじめた。不安にからめとられて思考が麻痺してしまい、まともに考えることができない。だが突然びくりとして立ち止まった。目の前の死者の顔の上でなにかが動いたのだ。ヒルデは悲鳴を上げそうになって両手で口をふさいだ。ハエが死者の鼻先から頬に下り、すぐまた上がったかと思うと、なんの戸惑いもなく見開かれた目の上を這いまわった。

危うく失神しかけたが、こんな冒瀆は許せないと思ったら体が勝手に動き、派手な手のひと振りでハエを追い払っていた。だがハエはすぐ戻ってきて死者に止まる。ヒルデは息を切らせ、吐き気を我慢しながら、片手で車椅子のグリップにつかまってもう片方の手をさかんに振ったが、しつこいハエはぶんぶんいいながら飛びまわるばかりだ。

そのとき、電話の甲高い音がして、ヒルデははっと正気に返った。

受話器に飛びつくと、バーンズが男の方が訪ねてみえましたと言ったので、今度は安堵のあまり失神しそうになった。ヒルデは慌てて化粧を直すと、玄関ホールに飛んでいきたいところを我慢して部屋で待った。

少ししてノックの音がした。だが入ってきたのはアントン・コルフではなく、もっと若くて体格のいい男だった。四十くらいで、鬢《びん》に白いものが交じってはいるが、血色がいい。ただしネクタイの趣味は最悪だ。男は軽く会釈した。

ヒルデは男を見つめたまま言葉をなくしていた。

「ロマーといいます。マーティン・ロマー」と男は言った。

そこでとうとうヒルデの心の耐久力が尽きてしまった。もはや恐怖も感じなければ、不安も感じない。代わりに得体の知れない安らぎがヒルデを満たした。そして、この男の登場はシナリオになかったが、こうしてここにいるからには味方に違いないと思った。コルフか、運命か、あるいはなにかわからないものがこの男をわざわざここに来させたのだから。そこで無造作に椅子を示したが、男は帽子を手にして立ったまま動かない。

「おじゃまするのが少し早すぎましたか？　長旅でお疲れのところを失礼」

そして入ってきたときすぐに目をやったリッチモンドのほうにふたたび目を向け、今度はそのままじっと見ている。

ヒルデも少し体を回して夫のほうを見た。

男は動かぬ老人にゆっくり近づき、正面で足を止め、しばらく見つめてから静かに言った。

「なぜ目を閉じてあげなかったんです」

ヒルデは肩をすくめた。そんなことはどうでもよかった。

なにか話したいような気もしたが、思考と肉体が切り離されてしまって口が動かない。未知の元素のなかを漂っているような気分で、それは夢や眠りのように、あるいは海底の藻《も》のようにつかみどころのないものだった。もう少ししたらまた動けるかもしれないが、とにかくいまはだめだ。こんな浮遊状態に陥ってしまってはどうにもならない。

沈黙が続いた。男は後ろで手を組み、体を前後に揺すっている。目はどこを見るでもなく、ただ空を見つめている。ヒルデは自分から沈黙を破ることなど考えもせず、時が流れるに任せた。やがて男は体を揺するのをやめ、改めてリッチモンドを観察し、片手で瞼《まぶた》を閉じてやり、そのまましばらく額に手を置いていた。

それからヒルデのほうに戻ってきて言った。

「リッチモンド夫人、ニューヨークにはいつからおいでですか」

「昨日の午後からです。夕方船を下りました」

「では、いつこういうことに?」

「船上で」

「なにがあったんです?」

「発作を起こしたんだと思います」

「なぜ亡くなったことを隠していたんですか？」

答えるべきだと思った。この男には悪意も敵意も感じられない。たぶんコルフが言っていた医者で、死亡診断書を書くために細かいことを訊いておきたいのだろう。頭のなかではそんなことを考えたが、ヒルデの唇は動かず、声も出なかった。

男は先ほどのヒルデのように部屋のなかを歩きまわりはじめた。

しばらくしてまた口を開いたのも男のほうだった。

「あなたを助けたいんです。しかし質問に答えてくれなければこちらも手が打てません。事態は深刻です。細かい点もなに一つおろそかにできない。あなたのほかにご主人が亡くなったことを知っているのは？」

「誰も」

「遺体を運ぶのを手伝ったのは？」

「使用人たちと、運転手です」

「つまりその人たちは亡くなっていると知っていたのでは？」

「いいえ、彼らは気づきませんでした」

「なぜそう言えるんです？」

「そうでなければここに来られなかったし、そのままここにいられなかったはずです」

「なるほど。しかしここに来てから、世話係か誰かがご主人に近づいたんじゃありませんか？」

「昨夜からこの部屋には誰も入れていません」

「でも声ぐらいかけるでしょう。どうやって阻止したんです？」

ヒルデはただ肩をすくめてみせた。

「そんな話を信じろと言われてもねえ……」

「主人は体が不自由で、車椅子なしでは動けません。それに癇癪持ちでもあったので使用人たちも好んで近寄りはしません。だから、容易とは言いませんが、どうにか遠ざけておくことができたんです」

「それにしても、遺体をここに運んでどうするつもりだったんです？」

「あなたに関係ありません」

マーティン・ロマーはヒルデのほうをしげしげと見た。ひと芝居打っているんじゃないかと疑っているようだ。だがヒルデは瞬《まばた》き一つせず、その視線に耐えた。

男は椅子を引き寄せてヒルデの前に座った。

「ところでリッチモンド夫人、なぜわたしを入れてくれたんですか？」

「人を待っていたので」

「誰を？」

「父です」

「お父さん、というと？」

「アントン・コルフです」

「アントン・コルフ？　誰のことです？」

「いい加減にしてください！」

「いや、答えるしかありませんよ。重要な点です。つまりお父さんはご主人が亡くなったことを知っていたんですね？」

「いえ、とんでもない。だからこそ待っていたんです。どうしたらいいのか訊きたくて」

「だったらなぜ、父親でもないわたしを入れたんです？」

「今朝来ることになっていたからです。ほかに来客の予定もなかったので、てっきり父だと思って」

「なるほど。で、亡くなったご主人をここに運んだ理由は、まだ教えてもらえませんか？」

「答えられません」

「じゃあ、これからどうするつもりなんです？」

「それはあなた次第で……」

「わたし次第？　どういう意味でしょう」

「わかりません。もうわからない。出てってください。へとへとなんです。なにもかもたいへんだったので、少し休まないとなにがなんだか……」

男は顔を曇らせた。

「いいですか、記憶喪失を装うのはいいやり方じゃありません。そんなのは専門家の鑑定を受ければすぐにばれるし、精神錯乱を装うのと同じで、かえって疑われる」

「だってほんとうにわからないんだから。あなたの言ってることがちんぷんかんぷんで。そもそもどうしてここに来たんです？　誰に言われて？　あなたは誰？」

「失礼ながら、この家から出ないでください。この件はわたしの職務範囲を超えているので、犯罪捜査課の刑事を呼びます」

「だから、あなたは誰なの？」

「マーティン・ロマー、第八分署の警部です」

部屋が回りはじめ、壁が倒れかかってくるような気がした。とっさにベッドの枠にしがみついたが、そうでなければ倒れていただろう。だがそこでまたしても自分の声らしきものが聞こえた。

「それで、なぜここに？」

「正式に指示されて来たわけじゃありません。しかし状況から判断して、これは署に報告せざるをえませんね」

「だから、なぜここに？」

「昨夜のあなたの態度を、いやそれ以上にご主人の様子を運転手がおかしいと思ったからですよ。しかも今朝ここに来てみたら邸内の様子も変だった。それでわたしに電話してきたんです」

ヒルデはとうとう脚の力が抜けてしまい、ベッドの上にへたり込んだ。

「それにしても、なぜご主人の死を隠したりしたんですか。遺体と一緒に移動するなんて正気の沙汰じゃない。この状況から抜け出せるとでも思ったんですか？」

「そんなことを訊かれる謂《いわ》れはありません」

「たしかにわたしは担当外だが、犯罪捜査課の刑事はこんなに辛抱強くもなければ、好意的でもありませんよ」

「なにも話すことはありません。弁護士を呼びます」

「だったら何人も呼んだほうがいい。一人じゃとうてい足りないでしょう。電話しましょうか？」

「いえけっこうです」

「そんなおかしな態度をとってる場合じゃないとわかりませんか？　こっちは個人ではなく、司法を代表して質問しているんです。あなたには答える義務がある。そもそもきちんと説明ができれば、なんの問題もないんだし」

またしても長い沈黙が流れた。マーティン・ロマーは両手をポケットに突っ込んでヒルデをじっと見ている。ヒルデのほうはおろおろして、唇を噛んで男の様子をうかがうばかりだ。

「お金ならあります」とヒルデは言った。「それもたくさん。警察の仕事ではけっして稼げないくらい」

「おっと、そこまで。あなたのために言っておきますが、これ以上愚かな失態を重ねないうちにいい弁護士を探したほうがいい」

「失態って、なんのこと？」

「まずは贈賄《ぞうわい》」

ヒルデは頭に血が上ってどうにもならなくなり、ハンカチを噛みながらしゃくり上げた。

「電話をしていいですね？」

「そんな……こんなに疲れてるのに。こんなのは生まれて初めて。ノイローゼだと思います。頭がどうかしちゃったのか考えがまとまらない。もう自分がなにを考えているのかさえわからない。わけがわからない」

だが男は怪訝《けげん》な表情のままだ。

「ノイローゼなんかになってる場合じゃないですよ。犯罪捜査課の連中はのんびりつき合っちゃくれませんからね。やすみたいならさっさと事実を話すことです。そうしないかぎり眠らせちゃもらえない。わたしからはせいぜいこんな忠告しかできません」

「でも、どうしてそんな言い方を？　わたしは罪人じゃないのに」

「こっちだってそう思いたいが、証明してくれなきゃ話にならない」

「わたしは殺してない！」

「誰が殺したなんて言いました？」

ヒルデは車椅子に駆け寄り、夫の前に跪《ひざまず》いた。

「カール、助けて。もうなにがなんだかわからない。すべてうまくいっていたのに。この人に出ていってほしい。あなたからそう言って」

だがそこでロマーに肩をつかまれ、無理やり椅子に座らされた。

「奥さん、落ち着いて。船からここまで遺体を運ぶなんて、あなたはずいぶん度胸の要《い》ることをやったんですよね。だったらそのときの度胸を少しでも取り戻して、刑事たちの質問に答えるんです。それこそがいま肝心なことです」

「わたしを見捨てないで」

「そんな心配は要りませんよ」

ロマーは肩をすくめてみせてから電話のほうに行った。そしてまず外線につないでから、緊急扱いでニューヨーク市警犯罪捜査課の主任捜査官、スターリング・ケインにつないでくれと言った。

ロマーが受話器を置いてから十五分もしないうちに、警官がぞろぞろやって来た。

大富豪の贅を尽くした部屋はあっという間に人であふれ、市場のようになった。制服警官と私服刑事が入り混じってなだれ込み、鑑識官がさっそく遺体とヒルデに向けてカメラを構え、さかんにフラッシュを焚《た》いた。

戸口には二人の制服警官が警棒を手にして立っている。監察医らしき男が首から下げた聴診器でリッチモンドを診ていて、白衣の看護婦が二人、車椅子の横で待機している。見知らぬ人々が部屋中を丹念に見てまわり、ヒルデガルトのハンドバッグも調べ、品々にラベルを貼っていく。いつの間にか電話ももう一台増えていた。

主任捜査官はテーブルの上を大急ぎで片づけさせ、そこにロマーともう一人の男と一緒に座って書類に目を通しはじめた。

誰もが緊張した面持ちで忙しそうにしている。だが写真を撮るとき以外、誰一人としてヒルデに注意を払わず、話しかけもしない。ざわめきのなかで一人だけ放っておかれ、ヒルデは妙な気分になった。両手の震えは止まらないし、恐怖で体がこわばっているし、頭も働かない。出来事すべてに実体がなく、現実ではないように思えてくる。展開が速すぎ、緊張も強すぎて、ヒルデはもはやこの状況についていけなくなっていた。

不意に腕をつかまれ、立たされた。だがヒルデは抵抗せず、言われるままにテーブルまで行って主任捜査官の向かいに座った。

「今夜にも第一報を送ります」と監察医らしき男が主任捜査官に言っている。「解剖が終わり次第すぐに」

それがなんのことなのかヒルデにはわからない。それより夫の車椅子のほうが気になって、二人の看護婦に押されて部屋から出ていく様子を目で追った。そして帽子をかぶっていないと気づき、帽子を忘れてるわよと二人に声をかけようとしたが、遺体が廊下に出たとたんに使用人たちが騒ぎだし、それどころではなくなった。そのときまたしてもヒルデにカメラが向けられ、フラッシュが焚かれた。ヒルデはまぶしくて瞬きしたが、顔を隠そうとは思いもしなかった。

ふと気づくと、波が引くように部屋から人が消えていた。制服警官はもちろん、監察医も看護婦も鑑識官もいなくなり、残ったのは一緒にテーブルに着いているマーティン・ロマーと、主任捜査官のスターリング・ケインと、もう一人名前のわからない刑事の三人だけだった。

そのとき初めて、ケイン捜査官が顔を上げてヒルデのほうを見た。両手を組んで肘をテーブルにつき、じっくり観察している。

ヒルデのほうも相手を観察した。

五十前後だろうか。スポーツをやっていたのは昔のことだとわかる、強そうだが少し締まりのない体形で、太っていると言われても仕方がない。刈り込んだ髪には白いものが交じり、赤ら顔で、小さい目が鋭い。

金の結婚指輪が薬指に食い込んでいる。結婚後に太った証拠だ。もう外そうにも外せないだろう。こうなるまでにどれくらいかかっただろうか。十五年？　二十年？

不意に声が聞こえてびくりとした。よく見ると話しているのはケイン捜査官だったが、意外なことに優しく好意的な話し方だった。ヒルデは聴きとらなければと耳を澄ましたものの、頭に入ってきたのは最後のほうだけだ。

「……はあなたの不利になる恐れがあります」

そこからまた記憶に穴が開き、たまたま聴きとれたのはこんな言葉だった。

「……弁護士を選び……」

ヒルデは唇を嚙んで悔し涙をのみ込んだ。どうやらとんでもない状況に追い込まれていて、頭をフル回転させなければいけないようだ。おろおろしている場合ではない。ノイローゼだのなんだのと訴えることさえいまは許されない。とにかく最小限の落ち着きと集中力を取り戻さなければ。もう少しあとになったらゆっくりできるかもしれないのだし。

そこでヒルデはこの相手を信じようと腹をくくり、スターリング・ケインの視線をしっかりとらえて言った。

「煙草と、お酒を少しもらえませんか」

男三人はなんの反応も見せなかった。

「お願いします」

積み重なった疲労に押し上げられるようにして涙がこみ上げ、ヒルデの視界がぼやけた。見るに見かねたのか、ロマーが戸口まで行ってドアを開け、見張りの警官に声をかけた。ケインのほうはポケットからくしゃくしゃになったラッキーストライクの箱を出し、ヒルデのほうに差し出した。ヒルデは一本とり、それが曲がっていたので指でゆっくり揉《も》んで形を整え、葉を寄せるために爪の上で軽くたたいた。彼女がこのちょっとした仕事に夢中になる様子を、ケインともう一人はじっと見ていたが、ヒルデがようやく煙草をくわえると、ケインが軍の払い下げのライターで火をつけてくれた。そこへロマーがスコッチのボトルとグラスを手にして戻ってきて、グラスに三分の一ほど注いだところで舌打ちし、ソーダを忘れたと言った。

「あ、いいんです、いつもストレートだから」

そう口にしたとたん、これでは酒飲みだと思われてしまうと後悔した。それでもグラスを手にするとひと息に飲み干した。一瞬なにも感じなかったが、そのあとで奇跡が起きた。心地よい熱が体内に広がり、やがて全身を包み、その熱が指先まで行ってからまた心臓に戻ってきて鼓動が速くなった。と同時に、頭がすっきりして知性が覚醒し、失われた時間を取り戻すように猛然と働きはじめた。そこでようやく頭のなかの警報が鳴り、ヒルデは遅ればせながら警戒態勢をとった。三人は気づかなかっただろうが、煙草とウィスキーという小休止を利用して、ヒルデは質問を予測して返答を準備することができたのだ。

とはいえ十分な余裕は与えられなかった。

「気分はよくなりましたか？」

ヒルデは答える代わりに頷いてみせた。

「質問に答えられそうですか？」

もう一度頷く。

「結婚されたのはいつですか？」

「数か月前です」

「正確には？」

「ええと、わかりません。六月か七月ですが、正確には覚えていません」

「それはまた、新婚の花嫁にしては妙ですねえ」

「海の上のことですから。かなり前から航海を続けていて、日付というものと縁のない暮らしをしていたんです」

「それこそが船旅の醍醐味《だいごみ》なんでしょうね」

ケインはそう言ったが、それはこちらを安心させ、油断させるために違いないとヒルデは思った。そこで確かめるために思いきって訊いてみた。

「だったらあなたはいつ結婚されたんです？」

「一九二八年四月四日です。水曜日でした。一日中雨でしたが、三時から五時のあいだだけやんで、外で写真が撮れたんです」

ヒルデはうつむいた。その答えを聞くまでもなく、相手が一歩リードしたことはわかっていた。

「リッチモンドさんとはどういうきっかけで知り合いました？」

「看護婦の口を紹介され、派遣された先が主人の船でした」

「リッチモンドさんが資産家であることは知っていましたか？」

「船に乗ってからすぐに知りました」

「ご主人の遺体を船からここまで運んだのはなぜですか？」

ヒルデは相手を見た。ケインは語勢を強めもしなかった。どの質問も淡々と、どうでもいいことですがといった調子で繰り出してくる。それでいて鋭い目はヒルデから離れない。

「どうです？」と彼はやんわり促す。

「答えたくありません」

「以前にご結婚は？」

てっきり責められると思ったが、ケインは微笑んだだけだった。

「いいえ、一度も」

「お子さんは？」

「いません」

なんのための質問なのかまるでわからない。ただ困らせたいのだろうか。それとも本題から外れたこんなばかげた質問でも、彼にとっては重要なのだろうか。

「ご主人の遺体をどうするつもりでしたか？」

「わかりません」

「それはおかしいですよ。遺体を運ぶなどという危険なことを、なんの考えも計画もなしにやるはずがない」

今度はこちらが微笑む番だと、ヒルデは無理に口角を上げた。

「それで、ご主人が亡くなったことを、船上でも誰も知らなかったわけですか？　これにも答えられませんか？　まあ、訊くまでもありませんがね。船員全員に口止めすることなどできなかっただろうし、それに警察絡みでちょっとした問題を抱えている人はけっこういるもので、彼らに対してはささやかなサービスと交換にこちらもまあ……目をつむることがあるんですよ。それにもかかわらず誰もなにも言ってこなかったということは、誰もなにも見なかったということで、となるとあなたは相当の役者で、人並外れた度胸の持ち主だということになる。なにしろご主人は目立つ存在ですからね。その死を長時間隠すとなると……ええと、正確にはいつ亡くなられたんでしたっけ？」

「わたしはなにも言っていません」

「そうでしたか？　いずれにしても解剖報告書が来るので今夜にはわかります。とにかく、死者を連れて人だかりのなかを移動し、まんまと欺《あざむ》いてみせるとは、並の人間にできることじゃない。それはあなたも認めますよね。あの運転手が思いきって通報しなければ、あなたは誰にも疑われることなく計画を成し遂げていた。で、その計画ですが、これでもまだ話してもらえませんか？」

ヒルデは話すつもりはないと首を振り、指が熱くなるほど短くなった煙草を灰皿で押しつぶした。

「ところであなたは、個人として資産を所有していますか？」

「いいえ、まったく」

「年齢は？」

「三十四です」

「アメリカ人？」

「いえ、ドイツ人です」

「ほう。それにしては英語がうまい。これまでアメリカに滞在したことは？」

「今回が初めてです」

「なぜご主人を殺したんです？」

ヒルデはぽかんと口を開け、聞き違いかと相手を見た。そして大きく息を吸うなり立ち上がり、声を張り上げた。

「殺していません！　誓って殺してなんかいません！」

ケインは座るように合図した。

「まあまあ落ち着いて。ちょっと訊いてみただけです。なにしろまだ報告書が来ていないし、ご主人が殺されたかどうかは誰にもわかりません」

そして大らかな笑顔を見せ、続けた。

「しかしね、普通に考えたらそういうことになりませんか？」

ヒルデは腰をおろしてどうにか呼吸を整えると、下を向いたまま言った。

「弁護士が来るまでもうなにも答えません」

するとケインは鉛筆をポケットにしまい、先ほどのくしゃくしゃの煙草の箱から一本とって口にくわえた。そして自分で火をつけて一服すると、とりあえずここまでという顔で言った。

「当然の権利ですから、弁護士を呼んだらいいでしょう。しかしこちらにも職業上の権利があるわけで、わたしの立場では、あなたが弁護士を必要とするならそれはなにか言いにくいことがあるからだと考えるわけです」

「わたしは殺していません」

「まだわかりませんか？　もちろんリッチモンドさんはベッドのなかで自然に息を引きとったのかもしれない。しかし、だとしたら、なぜそのままにしておかなかったのか。そこがそもそもの間違いだと言っているんです」

　そこまで言うとケインは立ち上がり、振り向きもせずに部屋を出ていった。

　ずっと黙っていたあとの二人も立ち上がったが、出ていくのではなくいきなり近づいてきたので、ヒルデは本能的に身を引いた。

　ロマーがお気の毒にという表情で言った。

「向こうのほうがゆっくり眠れます。少なくとも記者連中に邪魔されることはありません」

　いずれにせよヒルデに選択肢はなかった。二人に左右から腕をとられ、なぜこんなことをするのかと腹が立ったが、抗議する気にもなれなかった。だが二人がドアを開けたとき、腕をとられたわけがわかった。

　使用人たちがみな仕事をほっぽり出して玄関ホールに集まり、こちらに好奇の目を向けていた。

　その一団をかきわけて玄関まで行くあいだに、ヒルデは顔も知らないメイドからひどい言葉を浴びせられた。あの運転手もせせら笑うような顔でこちらを見ていた。バーンズの姿がないのはせめてもの幸いだったが、これではまるで見せしめの儀式ではないか。だがそれも、外で待ち構えていた群衆に比べれば物の数ではなかった。

　事件の噂があっという間に広まったらしい。ここは閑静な屋敷町のはずなのに、いつの間にか種々雑多な人々が門前に押しかけ、なんでもいいから早く見世物をやれと焦《じ》れていた。

若者は鉄柵によじ登り、庭の木々の合間からこちらをうかがっている。子供は待ちくたびれて泣いている。恋人たちは群衆に紛れたほうがかえって自由になれると、気兼ねなくいちゃついている。そして女たちは休みなく口を動かしている。勝手に話を作り、邪推し、知ったかぶりをし、空想をたくましくして、この無気力で御《ぎょ》しやすい集団を煽りたてている。

その集団の前に出たとき、ヒルデは警官に付き添われていることに心底感謝した。これが今日の見世物であり、しかも短い見世物だと気づくや、群衆は押し合いになり、最前列の人々が波に押されてヒルデと二人の警官に迫ってきた。半ば呆《ほう》けた好奇心と、生気のない倦怠を貼りつけたような顔、顔、顔……。そのすべての視線がヒルデに集まっている。一瞬の重苦しい沈黙のあと、一人の女が子供を頭上に持ち上げ、その子に言うふりをして群衆に呼びかけた。

「金欲しさに夫を殺す女がどうなるか見てごらん！」

それを合図に集団のうしろのほうから怒号が上がり、あちこちから拳が突き上げられた。日々溜まるばかりで捌《は》け口のない民衆の怒りが、ようやく獲物を見つけてここぞとばかりに飛びかかる。ヒルデがどちらを向いても、もはや憎しみの顔と突き出された拳しか見えない。これまで会ったこともなく、今後二度と会うこともないだろう人々が、突然一致団結して彼女を憎むと決めたのだ。

二人の警官がヒルデに覆いかぶさるようにして盾となった。警察の黒いリムジンからもがっしりした警官が二人降りてきて、警棒を振りまわしながら道を開けさせようとした。だがその二人がたどり着く前に、最前列の女がハンドバッグを振り上げて力任せにヒルデを引っぱたき、間近に顔を寄せ、目をむいてどなりつけた。

「このあばずれ！　ざまあ見ろ！」

その女はまるで積年の恨みを晴らしたかのように勝ち誇っている。

ヒルデはこの唐突な展開がまったく理解できず、ただただ震え上がった。ついさっきまでヒルデを問いつめる側にいた警察が、そして明日以降もずっと、満足のいく答えが得られるまでずっと質問を続けるに違いない警察が、いまは彼女を守る側に立っている。彼らが支えてくれなければ、その広い肩で盾となってくれなければ、ヒルデは不満だらけの暇な連中の単なる暇つぶしの対象としてリンチに遭っていたかもしれない。

リムジンから降りてきた二人の警官は徐々に道を切り開いた。制服と体格と警棒、そして一歩も引かぬ雄牛のような粘りが人々の目に留まり、彼らの怒りを静め、魅了していった。もう少し時間があったら、群衆は二人を肩車して練り歩いたかもしれない。

二人がなんとかたどり着いて護衛は四人になり、ヒルデはその四人にしっかり囲まれ、言葉以外の攻撃から守られることになった。そのころには群衆の興味もすでにヒルデを離れ、これぞアメリカ男児というべき四人のたくましい警官のほうに移っていた。ようやく車にたどり着き、ドアが開けられた。ヒルデは身震いが止まらないまま車に逃げ込むと、守ってくれた四人への感謝に胸を熱くした。だが四人のほうはもはや彼女に目もくれず、苦役は終わったとばかりシートにどっかり腰をおろしただけだった。そして車が走り出すと、マーティン・ロマーが言った。

「おい、ロッキー・マルシアノに挑戦するのは誰だっけな」

翌日、取り調べが再開された。どこか異様な緊張感が漂うなか、捜査を指揮するスターリング・ケインがデスクの向こうに陣取った。

ヒルデガルトは部屋に連れてこられるなりその緊張感を感じとった。捜査になにか進展があったのだろう。それも明らかに彼女に不利な方向に。要するに捜査は彼女の知らないうちに、知らないところで始まっていた。肉体的にも精神的にも疲れはてた彼女が眠っているあいだに、警察は丹念にパズルのピースを拾い集めたに違いない。そしてこれから始まる取り調べで、そのパズルを解く鍵を手に入れようというのだろう。

初めて会う刑事たちはヒルデのことをじろじろ見た。彼らの目に敵意はないが、耐えがたいほど冷たい。ヒルデは地雷原に踏み出す気分だったが、どうすれば地雷を避けられるのかまったくわからなかった。昨夜、ニューヨークに誰も知人がいないなら国選弁護人を頼むしかないと言われ、それを承諾した。たぶん刑事たちはその弁護士を待っているのだろう。だがヒルデは、アントン・コルフと会って今後の対応策を決めるまでは、弁護士にもなにも言うつもりはなかった。コルフは共犯者だし、彼女をここから早急に救い出す術《すべ》をもっているはずだ。保釈金を払わされるのだろうが、それも彼がなんとかしてくれるだろう。だから、こちらが不利になる質問をうまくかわしながら、彼が来るのを待てばいい。

ヒルデはケインのデスクに革製の大きな写真立てが置かれているのに気づき、どんな写真が入っているのか見てみたいという衝動に駆られた。たぶん妻と子供たち、ひょっとしたら孫のもあるかもしれない。この男の私生活にかかわる人々の顔を見れば、彼について知っておくべきことがすべてわかるような気がした。だがもちろん、わざわざ立ち上がって写真立てをのぞき込むことなどできるはずもない。

ドアがまた開いた。上品な男が入ってきてケインと握手し、部下の何人かにももったいぶってあいさつしてから、ヒルデのそばに来て座った。

「心配は要りません」と男は言った。「あなたの弁護はわたしが引き受けます」

だがそう言っただけでもうヒルデから目を離し、書類かばんのほうにかがみ込んで山ほど書類を取り出し、自分のオフィスにいるような顔でそれらに目を通しはじめた。

ヒルデはその男が来る前よりもっと孤独を感じた。

それにしても、警察の取り調べがこんな雑然としたところで行なわれるとは思ってもみなかった。人の出入りが多いし、始終電話が鳴って中断される。

自分はこんなところになにをしに来たのだろうと思わずにはいられない。

弁護士と称するこの男もいったいなにをしに来たのだろう。

部屋のざわめきを無視して、見知らぬ刑事がヒルデに言った。

「氏名、年齢、職業をお願いします」

ヒルデがその刑事を見て、この人もなにをしているのやらと考え込んでいると、弁護士が身を寄せてきて言った。

「答えてください、ただの手続きです。向こうはとっくにあなたの情報を手に入れているんですから」

だがヒルデは警戒し、養子縁組と結婚の理由を追及されないためにも、メーナーという名字は出すまいと思った。

ハンブルクは遠く、しかも壊滅的な被害を受けたので、出自を確認しようとしてもできないはずだ。

「さあ、答えて」と弁護士が促した。

「ヒルデガルト・リッチモンド、三十四歳。カール・リッチモンドの未亡人です」

驚いたことに、それに対して誰もそれ以上質問しなかった。続いて別の刑事が、ここに指紋を押してくださいと礼儀正しく紙を差し出し、気を利かせて単なる手続きですからと言い添えた。

　ヒルデガルトはばかではないし、勇気もあることは証明済みだ。だがそんな彼女もこの展開には閉口した。人が出たり入ったりして始終顔ぶれが変わるし、各人の行動にも脈絡《みゃくらく》がない。ケインにしても、捜査の責任者のはずなのにヒルデを無視することがあり、質問したかと思うと別のことのために席を立ち、戻ってきたかと思うとすぐまた放り出す。ヒルデはその混沌のなかで戸惑い、混乱し、不安になった。

　そのまま時が過ぎた。部屋に出入りする人々はみなきびきびと立ち働いている。誰もが己の行動を理解しているように見える。ただ一人、ヒルデだけが宙ぶらりんな状態に置かれ、いったいいつになったら本格的な取り調べが始まるのだろうと当惑している。もしかしたら刑事たちはわざとそうしているのかもしれない。こうやってヒルデの抵抗力を削《そ》いでしまおうという作戦なのかもしれなかった。

　やがてヒルデの忍耐力は限界に達し、当初の当惑が高じてパニックになった。そのころになってようやく部屋は静かになり、担当外の警官たちがいなくなった。電話も止んだ。

　ケインがふたたび責任者らしい威圧的な態度に戻った。といってもさほどの切れ者には見えないし、想像力も豊かとは思えない。日々の業務を忠実にこなす実直な公務員といったところだ。

ケインのデスクに背を向け、窓のほうを向いて座っている男が、白い紙をタイプライターにはさんだ。これが書記だろう。

弁護士は書類をかばんにしまい、腕時計を見て、ケインが口を開くのを待った。

窓の外に目をやると、遠くのほうで女が洗濯物を干していた。だが外を見たのはヒルデだけだった。

「リッチモンド夫人」とケインが口火を切った。「あなたはなぜ体が不自由な高齢男性と結婚したのですか？」

「抗議します」と弁護士が遮った。

「あの、ちょっとお願いが……」とヒルデも口をはさんだが、それがルール違反だったからなのか、全員が驚いたように彼女に目を向けたので、どぎまぎして言いよどんだ。そして「すみません」と改めて言ってから弁護士のほうを向いた。「こんなことを言うなんてわたしがおかしいんでしょうけど、でも弁護士さんについていてもらわないほうがいいんです。少なくともいまはまだ」

弁護士は一瞬唖然としたが、すぐに顔をしかめて立ち上がった。

「わたしが来たのはあなたを助けるためですよ。しかしこんな様子じゃ、気づいたときには後の祭りでしょう。あなたのためにそうならないことを祈ります」

そして周囲に軽く頭を下げて出ていった。

刑事たちのあいだにも少なからず動揺が見られたので、ヒルデは説明しておこうと思った。

「あの方がいると気詰まりで……」

書記が振り向いてヒルデの顔をまじまじと見た。

「リッチモンド夫人、あなたは昨日、ご主人とは紹介所を介して知り合ったと言いましたね。紹介所から看護婦として船に派遣されたのだと」

「そうです」

「それ以前はリッチモンドさんのことをまったく知らなかったんですか？」

「ええ、知りませんでした」

「では、乗船したらそこに父親がいたという奇跡のような偶然をどう説明しますか？」

「説明って、どういうことでしょう」

「明快な質問だと思いますが。あなたはアントン・コルフ氏のお嬢さんですよね？」

「はい」

「なのに、父親が船にいることを知らなかったんですか？」

「知りませんでした」

「それはおかしくありませんか？　ではついでにもう一つ、カール・リッチモンドに法定相続人がおらず、もしあなたと結婚すればその資産がいずれあなたのものになることを知っていましたか？」

「そんな質問、そもそも間違ってます。わたしが事前に決めてから行動したような言いようですけど、実際はそうじゃありません」

「この際ニュアンスなどどうでもいいでしょう。いまは事実を明らかにするのが先です。あなたが質問に答えてくれなければ、全体を考慮に入れて正しい判断をすることもできませんよ。あなたはなんという名前でリッチモンドさんの船に派遣されましたか？」

「なぜそんなことを訊くんです？」

「答えを聞くためです。いいですか、弁護士がいない以上、あなたの答えはすべてそのまま記録されますし、あなたにはそれに署名してもらいます。そしてその内容はすべてこちらで検証しますから、ごまかしはあなたのためにならない。ということで、なんという名前で派遣されましたか？」

「メーナー、ヒルデガルト・メーナーです」

「ありがとう」

「父にはいつ会えます？」

「もうじきでしょう。コルフさんの家に行ってみましたが、戻った形跡はありませんでした。ニューヨークに着いたあと、そのままフロリダに飛んだようです。知りませんでしたか？」

「そんなに早く発つとは思いませんでした」

ケインはヒルデをじっと見て、それからまた続けた。

「すぐに戻ってきますよ。最初の寄港地で折り返し便に乗り換えてもらうことにしましたから」

「戻ってきたらすぐに会えるんですね？」

「当然です。それにしてもそんなに慕《した》っているとは驚きますね。あなた方親子は三十四年間も会っていなかったのでは？」

「戦争で別れ別れになったので」

「いや、戦争が始まったのは一九三九年ですよ」

「煙草をもらえませんか？」

なんのためにいるのかわからない別の刑事がヒルデに煙草を差し出し、火をつけてくれた。

「ご主人の体調に問題はありませんでしたか？」

「ええ、少なくともわたしには元気に見えました」

「車椅子が必要だという点を除けば、ほかに病気はなかった？」

「なかったと思います。ただしわたしが船に派遣されたときは、目に腫《は》れ物ができていてつらそうでした」

「ああ、あんなのは病気じゃない。年寄りのわがままで大騒ぎしただけでしょう」

ヒルデはなにも答えなかった。

「ご主人の遺言の内容をご存じですか？」

「いいえ」

「そのことについてご主人と話をしたことは？」

「一度もありません」

「お父さんとの関係はどういったものでしたか？」

「普通ですが、どういう意味でしょう」

「ちょっと興味がありましてね。というのも、長年別れ別れだったのに突然出会うとは、びっくりするような話じゃありませんか。そういう場合、お互いどんな気持ちになるんだろうと誰でも知りたくなりますよ」

ヒルデはまたしても黙っていた。

「じゃあ教えてください。あなたは父親が船にいるとは知らなかった。だとしたらなぜ偽名を使ったんです？」

ヒルデは青ざめ、いらいらと煙草をふかした。

「たまたま、とでも言いたいんですか？　ここは正直に言ったほうがいいですよ。さもないと、こちらも不愉快なことを想像せざるをえませんからね。その結果あなたには受け入れがたい結論が導き出されるかもしれないし……。それで、リッチモンドさんのことを知ったあと、すぐに結婚しようと決めたんですか？」

「そんなこと、こちらが決められる問題じゃありません」

「まさか。あなたのように若く美しい女性なら、男性を手玉にとるのはたやすいでしょう。相手が高齢ならなおさらのことだ」

「高齢といっても主人は耄碌《もうろく》していたわけじゃありません。それに、なにごとも自分で決めなければ気がすまない質《たち》で、人の言うことは聞かないんです」

「そうでしょうねえ。気難しい性格だったわけだ」

「でも、わたしに不満はありませんでした」

「そりゃあなただけでしょう。ほかの人間にとっては不愉快極まりない人間だった」

「それは、わたしには関係ありません」

「まあね。しかし、リッチモンドさんがどちらかというと刺《とげ》のある難物だったという証拠にはなりますよ」

「いいところもありました」

「そうですね。高齢で、大金持ちだったところとか……。野心を抱く若い女性にとっては歓迎すべきことだ」

「主人はもっと長生きしたかもしれないんです」

「だったらなぜ亡くなったんです？」

「そんなことわかりません」

「それにしても、あなたの遠慮深さには戸惑いますね。ここに来てからまだ一度も解剖の結果を訊かないとは」

ヒルデは煙草を消した。

「主人の死因とわたしになんの関係が？」

「細かいことかもしれませんが、重要な点ですよ。ご主人は殺されたのだとわかりました」

「なぜそれをわたしに？」

「それはまた妙な質問ですねえ」

ヒルデはもちろん、たったいま爆弾が一つ炸裂したのだと理解していた。だがそれが自分とどう関係するのかわからなかった。誰もそれ以上なにも言わず、タイプライターの音も止まった。あの窓越しに見えた女性はいつの間にかいなくなっていて、洗濯物だけが優しく風に吹かれていた。

ヒルデがどうにかまともな質問ができたのは、少しして動揺が収まってからのことだ。

「殺されたって、いったいどんなふうに？　誰に殺されたんです？」

「あなたのほうがよほど詳《くわ》しく答えられるんじゃありませんか？」

「どういうことでしょう」

「ご主人が亡くなって得をするのは誰です?」

「その理屈は当てはまりません。あの人が死んだって、わたしにいいことはなにもないんです。あの人が生きているときにもう、欲しいものは全部手に入れていたんだし」

「全部ですか? ほんとうに?」

「ご存じなんでしょう? 主人に会うまで、わたしはひどく貧しかったんです。でも主人と結婚してからは、好きなだけお金が使えるようになりました。それ以上なにを望めるでしょう」

「矛盾していますよ。あなたはそうやって平然と金目当ての結婚だったと認めているわけで、つまり打算的なところがあるとわかります。しかもまだ三十四歳で、美人で、魅力的だ。金があって気ままに振る舞える女性にとって、人生はさぞかし心惹かれる誘惑に満ちたものに違いないし、そのすべてを老いた夫が許すとは思えません」

「でも、結婚したばかりで夫を殺すなんて、そんなばかなことをすると思います?」

「しかし情状酌量という手がある。ご主人の暴君じみた言動は周知の事実ですからね」

「ひどい誤解です。わたしは関与していません。信じてください」

「ですよねえ……。だったら答えてくださいよ。大きなリスクを冒してまで船から家まで遺体を運んだわけを」

「その質問には答えられません」

「しかし、いずれ答えざるをえなくなりますよ」

「主人がどうやって殺されたのか教えてもらえますか」

「毒です。服毒が主として女性が使う手だということは、あなたも知っているでしょう」

「まさか、毒なんて」

「残念ながら、解剖報告書の内容に疑問の余地はありません。死亡時刻もわかりました。知りたいですか？　日曜日の未明、午前三時から五時のあいだです。ということは、土曜日の夜の九時から十時のあいだに毒を飲まされたと推定できます。その時間どこにいましたか？」

「わたしじゃありません。殺していません！」

「ただ質問に答えてくれればいいんです。あなたは土曜日の夜の九時から十時のあいだ、どこにいましたか？」

「主人と一緒にいました。彼の船室に」ヒルデはあえぐように言った。

「そのとき、ご主人はなにか室外から運ばれてきたものを口にしましたか？」

「わかりません。覚えていません」

「よく考えてください。毒の入った食べ物が厨房から運ばれた可能性もあります」

「そんな、もう全部が悪夢みたいで！」

「しかしながら、あなたもその悪夢のなかにいる。しかも極めて不利な立場に置かれているんです。あなたを助けたくても、あなた自身がそのためのヒントを出してくれなければできませんよ。あなたは土曜日の夜になにか口にしましたか？」

「した、と思います。主人の部屋には毎晩行って、一緒にトランプをするんです。そのときいつもジャマイカ人がワインとビスケットを運んできます。時にはハーブティーの日も」

「その晩も？」

「ええ、いつもどおりだったと思います」

「あなたはなにを飲みましたか？」

「ワインです。ポルトだったと」

「味はどうでした？」

「特におかしいとは思いませんでした」

「ビスケットのほうは？」

「いつもと同じでした。なにも違いはありませんでした」

「つまり、ご主人と一緒にあなたも食べたり飲んだりした」

「いま言ったように、毎晩そうしていたんです」

「ええ。しかしその晩ご主人は亡くなり、あなたはぴんぴんしている。ということは、毒は外から来たのではないと考えざるをえず……。というわけで、奥さん、そろそろ自白したらどうです」

だがヒルデは答える代わりにずるずると椅子からすべり落ち、そのまま床に倒れて気を失った。

二十四時間後に、アントン・コルフが空港から直接警察に駆けつけた。

スターリング・ケインが自分のオフィスに迎え入れ、さっそく事情聴取を始めた。

「コルフさん、あなたは一九三四年からリッチモンドさんのもとで働いていますね。ミュンヘンでの会議の際に雇われた。間違いありませんか？」

「ありません」

「娘さんとはどうやって再会を？」

「偶然です。看護婦を探していて、いくつかの紹介所に声をかけておいたら、娘が船に現われました。といっても、すぐに気づいたわけじゃありません。ヒルデガルト・メーナーというのが自分の娘だとは思いもしませんでした。そんな偶然が起こるのは小説のなかだけだと思っていましたし、いまだに信じられませんよ」

「ではいつ気づかれたんです？」

「結婚のときです。必要書類を揃えたのはわたしです。手続きをしないと正式な結婚になりませんから。そのとき、彼女が自分は以前コルフだったと打ち明けました。そしてそれは、単なる同姓という意味ではありませんでした」

「それであなたはどうしましたか？」

「正直なところ、再会の感動といったものはありませんでしたね。わたしも若いころは好き放題をやって、けっこう浮き名を流したものでして、そうした相手の一人があの娘《こ》の母親です。生まれたときに認知しましたが、面倒を見てやったことは一度もありません。そもそも母親とはじきに会わなくなりました。その後しばらくしてカール・リッチモンドと出会い、わたしの人生は図《はか》らずもいい方向に舵《かじ》を切りました。そして新しい生活のなかで、娘のことは頭から消えてしまいました」

「なるほど。しかしわたしが知りたいのは、娘さんだとわかってからあなたがどう対応したかなんですが」

「まずは感動より驚きのほうがずっと強かったものの、それが収まってからは、こんなに魅力的で知的な娘が自分にいたとはと嬉しくもなりました。ですから今度こそ大事にしてやろうと思いましたが、といってもこの歳の、さして愛情深くもなく、むしろ自分本位の男ができる範囲でという意味です」

「娘さんはなぜ偽名を名乗って船に現われたのか、その理由をあなたに話しましたか？」

「ええ、話さざるをえませんでした。それをあなたに伝えても、娘を裏切ることにはならないでしょうからお話しします。娘があんなことをしたのは、結局のところわたしのせいです。彼女は戦争でずたずたになった国で青春時代を過ごしました。ですから、先の見えせん。誰にも責められません。責めを負うべきはわたしです」

「伺《うかが》いましょう」

「娘は多くの女性と同じことをしただけです。つまり、玉の輿《こし》に乗ろうとした。ただし特別な玉の輿です。頭がいいうえに負けず嫌いなので、少々の金など見向きもしません。ですから二つの意味でカール・リッチモンドに興味をもちました。一つは桁外《けたはず》れの財産。もう一つはわたしがその秘書だということ。そしてまず、本名と計画を打ち明ける前に、わたしのことを見定めようとしたんです。しかしわたしの立場で、計画に反対したり、協力を拒《こば》むようなことができると思いますか？　娘からすれば、自分を見捨てた父親に対するちょっとした復讐だったんでしょう」

「二人で手を組んだというのはよくわかります。しかし、リッチモンドさんにはリッチモンドさんの考えがあったでしょう。あなたの話からすると、あなた方がリッチモンドさんを簡単に操れたように聞こえるんですが」

「それこそまさに彼が人間を扱うやり方ですよ。正直なところ、同じことをこちらから仕掛けるのは少々愉快でもありました」

「あなた方がじつは親子だとわかったことを、リッチモンドさんは知っていたんですか？」

「もちろん知りません。疑り深くなっている老人にそんな芝居じみた話をしたら、とんでもない騒ぎになります」

「それほど疑り深かったとは思えませんがね。偽名を使い、あなたとの親子関係まで隠した女性と結婚したんですから」

「いずれにしても、そこまで打ち明けたら誰の得にもなりません。リッチモンドにとってさえ」

「それで、娘さんのマネージャー役を引き受けたわけですね？」

「いや、この場合、マネージャーというのは当てはまりません。娘は知恵も美貌も持ち合わせていて、自分でやってのけました。わたしを黒幕だとお考えのようだが、残念ながら雇い主に対してはなんの影響力もない黒幕でしてね。娘に対しても大失敗をしないように助言するのがせいぜいでした。それでも、白状すると、この成り行きは悪くないと思っていました。長年胸の奥にしまい込んでいた罪悪感のようなものを、これで帳消しにできそうな気がしたんです」

「ところで、リッチモンドさんの遺言の内容はご存じですか？」

「無論です。いちばんの側近でしたので」

「要点をかいつまんで教えてもらえますか？」

「資産のすべては慈善団体に遺贈されることになっていましたが、但し書きがあり、再婚した場合は、特別な事情により相続できない場合を除いて、妻および子供が相続するという内容です」

「それによってあなたの取り分も変わるんですか？」

「同じです。いずれの場合でも二万ドルほど受けとることになっていました」

「それは、側近中の側近にしては少ないですねえ」

「しかしわたしが金銭面で頼りにしていたのは、雇い主の死ではなく、生きていてくれることでしたからね。それなりに自分の財産を築くことができたのも、リッチモンドが有利な金融取り引きを勧めてくれたり、株を譲ってくれたり、あるいは取り引きの際にわたしに儲けさせてくれたりしたからです。基本給はぱっとしませんが、それも税務上の観点から相談して決めた額でして」

「コルフさん、リッチモンドさんを殺したのは誰だと思います？」

「見当もつきません。彼は暴君でした。あれに耐えられるのは、彼から利益を得ていた頭のいい連中だけですよ。そうではない使用人たちは奴隷《どれい》のようにこき使われていた。そのなかに、殺したいと思うほど恨んでいた者がいたとしても驚きませんね」

「そうやって疑いの目を逸らそうとするとは、なんともお優しい。しかしこの悲劇の中心にいるのは結局のところ一人だけだと思いませんか？　つまり娘さんです」

「それは……」

「いや、聞いてください。娘さんが魅力的で、頭がいいうえに負けず嫌いで、玉の輿に乗ろうとしたと言ったのはあなたです。そして、先の見えない暮らしからどうにかして抜け出したいと思ったとしても、誰にも責められないとも言いましたね」

「しかしそれ以前の問題として、ヒルデガルトが夫を殺したなんてそもそも考えられもしませんよ。繰り返すようだが彼女は頭がいい。結婚したばかりで、しかも大富豪の再婚相手として注目されているような状況で、殺人などというばかげたまねをするはずがない」

「娘さんを守りたいのはわかります」

「いや、申し上げたように、父親としての愛情などほとんど持ち合わせていませんから。それでも彼女を犯人だと考えるのはばかげていると思います」

「ところで、ニューヨークに着いたばかりで早々にフロリダに向かったのはなぜです?」

「実業家として雇い主の事業を切り盛りするのが役目ですから。思いがけない再婚話で帰港が遅れ、フロリダの重要な取り引きが先延ばしになっていました。しかもニューヨークにはなんの用事もなかったので」

「しかし自宅に寄りもしないとは」

「あのマンションは隠居所みたいなもので、引退後のために買ったんですよ。そういう場所があると思うだけで嬉しいですし、しかもまだ現役で必要がないと思うともっと嬉しいわけです」

「では、娘さんがご主人の遺体を抱えて船から家まで移動したことについては、どう説明します？」

「それについてはまだ噂で聞いただけでして」

「監察医が確認しました」

「しかし娘に会ってみないとなんとも……」

「なんらかのお考えはあるでしょう」

「なにかの勘違いじゃないかと思っています。とにかくいまはまだ、娘が意図的にそんなことをしたとは考えられません」

「言うまでもありませんが、あなたもこの町を離れることはできませんよ」

「わかっています。それで、娘にはいつ会えますか？」

「明日面会できるように手配します」

「弁護士をつけてやることはできますか？」

「もちろんです。まあ、本人が承諾すればですが」

「ほかになにか、娘にとって必要で、わたしが差し入れしてやれるようなものは？」

「運ですよ、コルフさん。それも強運です。そんなものが手に入れられるならね」

スターリング・ケインは約束を守り、アントン・コルフは翌日ヒルデガルトと面会した。しょげ込んだ彼女をひと目見て、数日でのあまりの変わりように驚いた。怯えたまなざしで、背を丸めたまま顔を上げようともせず、手も震えている。髪もだらしなく結っただけで、こぼれた束が肩にかかっている。時おり身震いまでする。

「どうした、しっかりしろ」とコルフは声をかけた。「まだ結果が出たわけじゃないし、弁護士ならこの国で指折りのを何人も知っている。すぐ釈放されるようにするから」

「警察はわたしが殺したと決めつけていて……」とヒルデガルトは手を揉《も》み合わせながら言った。「ねえ、いったい誰が殺したの？　なんのために？」

「わからない。というより、ジャマイカ人たちが腹いせにやったんじゃないかと思っている。いずれこんなことになりそうだったからな。ひどい扱いを受けていたし。とにかくいずれ明らかになるさ。だからしっかりしろ。戦うんだ。いまのきみの様子じゃ、もう警察の言い分を受け入れたように見えるぞ」

「なぜすぐに来てくれなかったの？　そこまではすべてうまくいっていたのに」

「きみはもう少し肝《きも》が据わっていると思っていた。わたしが訪ねていくまで誰も入れるなとはっきり言ったはずだ。なぜそうしなかった」

「いつまで待っても来ないから！」

「遺言を登録する必要があると言ったろう？　書類を一枚書けば終わりだとでも思ったのか？」

「バーンズに男性が訪ねてきたと言われて、てっきりあなただと思って」

「大事な局面で、相手の名前を確かめようともしなかったのか。なんでもいいから口実をつくればよかったんだ。遺体を運ぶよりずっと簡単なことじゃないか」

「そう、なんとか運んでみせた。でもまさにそのことで追いつめられてる。死んでいるとわかっていたのになぜ運んだのかって、そればっかり訊かれて……ねえ、なんて答えればいい？」

「落ち着け。ちょっと考えさせてくれ。たしかにそれだけは厄介だが、解決策はあるはずだ。わたしという味方がいることを忘れるな。きみの成功がなければわたしの成功もない。遺言書の効力に少しでもけちがついたら、こっちもなにも手にできないんだから。誠意の証拠としてこれ以上のものがあると思うか？　あとはこの国きっての弁護士たちに腕を振るってもらえばいい」

「でもまずはあの質問に答えないと。なんて言えばいいの？　何度も何度も訊かれたし、納得できる説明ができないかぎり絶対に無実を信じてもらえないと思う」

コルフは唇を嚙んで考えた。それから不意に顔を上げ、ヒルデガルトの手をとった。

「方法は一つしかない。事実を言うんだ」

「どういうこと？」

「どのみち調べ上げられるんだから、先に言ったほうがいい。そのほうが有利になる」

「でも事実って、どの事実？」

「つまりこうだ。きみは夫が新しい遺言状を書いたことを知っていた。だがそれが正式に登録される前に夫が死んでしまうと、有効にならないことも知っていた。だから夫の死を隠したと言えばいい。隠したことは罪に問われるだろうが、あくまでも隠しただけで、殺したわけじゃないから重い罪にはならない。逆にこの事実を言わないかぎり、殺人犯にされてしまうぞ」

「でもそんなことを言ったらあなたも逮捕される」

「その話にわたしを巻き込まなければだいじょうぶだ。たしかにわたしが動けなければ、きみを救うこともできない。すぐに出頭しなかったのもそのためだ。きみが野次馬にもみくちゃにされながら、警官に守られるようにして警察車両に乗せられるのを見た。それでシナリオが崩れたと知り、すぐにその場を離れた。自由に動けなければなにもできないからだよ。警察はわたしの行動も調べるだろうと思い、予定どおりフロリダ行きの便に乗ったが、そうやって時間を稼いだおかげで金の工面がついた。優秀な弁護士には金がかかる。それに証人もだいたいは下層の出で、金次第というところもあるからな。弁護士はもう何人か雇ったから、うろたえるな。きみは殺《や》っていない。肝心なのはそこだ。もう一度言うが、殺人の容疑さえ晴らせば、あとの罪は軽い。まあ、欲得ずくの女だと言われるだろうが、それは半身不随の老人と結婚したときから言われてきたことだ。その程度の悪評できみの地位が揺らぐことはない。きみが受けとることになる資産は人々を引き寄せずにはいないから」

「でも、具体的にどう言ったら……」

「事件のことはすでに各紙が書き立てている。遺言の登録にかかわった弁護士は当然警察に通報するべきだと思うだろう。カール・リッチモンドはこの国でも指折りの富豪だったんだし。となれば先手を打つしかない。彼らより先に警察に話すんだ」

「でも、それじゃやっぱりあなたも巻き込まれてしまう」

「なぜ？」

「ロマー警部を部屋に通したのはなぜかと訊かれたら、あなたを待っていたと言わざるをえないから」

「そんなのはたいした問題にならないし、なったとしても真実を言えば切り抜けられる。きみは遺産を確実に手にするために夫の死を隠蔽《いんぺい》した。わたしは弁護士のところに行っていた。そして手続きが終わったらきみに会いに来るはずだった。きみはそこで隠蔽のことを打ち明けるつもりだった。父親なんだから助けてくれるだろうと思っていた。どうだ、筋が通っているだろう？　しかも計画的に隠蔽したわけじゃないから、犯罪というほどじゃない。とっさの判断ミスとか、気の迷いとか、動転とか、いくらでも説明できる」

「そんな……どうしよう」

「おいおい、きみの勇気はどこへ行った？　もっと肝の据わった女だったんじゃないのか？　何百万ドルもの大金と、自由と、アメリカ中の美男子が待っているんだぞ。慎重に振る舞えばいいだけだ。これまでできていたんだから、それを続ければいい。それに重要なのはきみが遺体を運んだことではなく、リッチモンドがすでに殺されていたことだよ」

「でも、それもわたしがやったと警察は思い込んでるわけだし」

「遺体を移動させた件を説明できないかぎりはね。しかし警察というのは見事に組み上げられた巨大な機械のようなものだから、必ずや真犯人を見つけ出し、逮捕し、有罪を立証する。そうなればきみの立場は容疑者から被害者へと変わり、好奇の目にさらされることもなくなる」

「でも遺言の話を出してしまったら、わたしはなにも受けとれなくなるんでしょ？」

「なんのためにいい弁護士を雇ったと思ってるんだ？　たしかに新しい遺言書に異議が唱えられれば、以前のものが有効になってしまう。だがそのあたりも弁護士の腕次第だし、必要なものを必要なときにばらまけば解決できないことなどない」

「あなたの言うとおりにする」

「それがいい。ただししゃべりすぎるな。それから、お互いほんとうの親子だという話を押し通すこと。これについては誰も確認がとれないから恐れることはない。やる気のある刑事にむやみに餌を与えないほうがいいからな。特別な関係など疑われれば、それこそ二人とも窮地に立たされる。警察はほかの容疑者を探そうともしなくなり、リッチモンドの死の責任をわれわれだけが負わされることになる」

「それで、わたしはいつ自由になれるの？」

「きみには殺人の容疑がかかっている。だがいま言ったような説明をすれば、勾留の必要性がなくなる。そのタイミングで保釈を請求しようじゃないか」

「ありがとう、なにもかも」

「言っただろう？　きみの成功がなければわたしの成功もないと」

「そんなふうにこじつけなくてもいいのに」

「父親としての義務もあるからね」と締めくくってコルフは微笑んだ。

コルフと面会できたことでヒルデガルトは少し落ち着き、当初のパニック状態から抜け出すことができた。夫の死が他殺だった以上、スキャンダルは避けられないと覚悟を決めた。コルフの言うとおり、最大の罪を犯したのはヒルデではなく、殺人犯だ。殺人にかかわっていない以上、ヒルデに恐れることなどなにもない。相続の件にしても、いろいろ問題が生じても最終的には自分のものになるのだから、いまはむしろ手の内をさらけ出して戦うほうがいい。

いっぽう、世論は新聞の三段抜きの記事を糧《かて》にしてあっという間に肥え太り、通俗な悪趣味に走り、ヒルデを戦前のドイツ映画の〝妖婦〟に仕立て上げていた。カール・リッチモンドももはやその毒牙《どくが》にかかった哀れな老人としか思われていない。それでなくてもドイツ人はいまだにサディストだと思われているので、その偏見のすべてを〝死体を運んだ妖婦〟が一身に受けることになった。ヒルデもそういう目で見られることはわかっていたが、殺人まで自分のせいにされていることには戸惑うばかりだ。夫の死があの年齢相応の発作のたぐいではないと知ってさえいたら、遺体を運んだりせず、自然な成り行きに任せていた。そうしていれば、いまごろ犯人はつかまり、ヒルデは誇り高く、敬意と羨望の的の未亡人として夫の葬儀を取り仕切っていただろうに。

だがコルフはそのあいだも二人の利益のために動いてくれていた。ヒルデがうっかり気弱になって、マーティン・ロマーを部屋に入れるなどという失態を演じたせいで問題が生じてしまったが、幸いなことにコルフはそれでもなお冷静で、すぐに的確な挽回策を考えてくれた。

もはやこれ以上失うものもないのだから、遺言のこともすべて話そうとヒルデは決意した。だがその日はスターリング・ケインから呼び出しがなく、話せなかった。

独房に放っておかれたヒルデは夜まで新聞を読みふけり、そこにコルフの発言が載っているのを見つけ、娘に寄り添おうとする情愛に満ちた言葉を読んで胸が熱くなった。

翌日は早朝から取り調べが始まった。だが今回はとるべき態度を決めていたので、ヒルデも落ち着いて臨《のぞ》むことができた。警察は真実を求めているのだから、こちらはそれを出してやるまでのこと。その内容を相手がどう受け止めようと、もうかまうものかと思った。

ヒルデはしっかりした足どりで部屋に入った。室内の様子にも、そこにいる顔ぶれにももう慣れた。初日には見知らぬ刑事が登場するたびにびくびくしたが、それももう過去のこと。ここからはいよいよ対等に戦えるのだと思うと、遅ればせながら気合が入る。ケインはこの変化に気づいているだろうか？　そうだとしても顔に出すつもりはないようで、数日前と変わらぬ様子でくしゃくしゃの箱から煙草を一本差し出した。

その煙草のおかげで、ヒルデには微笑む余裕も出た。自信も戻ってきた。つまるところ刑事も一人の男にすぎない。あれこれ癖があったり、仕事以外の悩みもある普通の人間にすぎないのだ。

「リッチモンド夫人、調子はいかがです？」

「おかげさまでだいぶよくなりました」

「少し休んでいただけるように配慮しました。真実を言うことこそご自分のためだと、あなたに気づいてほしかったからでもあります」

「おっしゃるとおりで、この数日は有意義なものでした」

「しかし、こうした重要事件の捜査には時間も人手もかかりますからね、これ以上時間を無駄にはできません。もう一度言いますが、早く自由になれるかどうかはあなたの誠意次第です。わたしのほうも誠意をもって、あなたを犯人と決めつけないように心がけています」

「感謝しています」

「この前置きも、正直に話すことがあなたの義務だと肝に銘じてもらうためですよ」

「ぜひ話させてください」

ケインのいつもの仏頂面《ぶっちょうづら》がほんの一瞬消えて、すなおな驚きの表情になった。

「よろしければ、さっそくなにがあったのかお話ししたいんですが」

「もちろんお願いします。われわれはそのためにここにいるんですから」

「では……ええと、でも、難しくて……」

「ゆっくりでいいです。最初から順番に話してみたらどうですか？　そうすれば疑問点も自《おの》ずと明らかになるはずです」

「そうですね」

そこでヒルデはコルフに言われたことをもう一度思い浮かべながら、話しはじめた。

「わたしは仕事を紹介されて、〈幸運丸〉に乗船しました。カール・リッチモンドの船です。彼が看護婦を必要としていたんです」

「あなたは看護婦をしていたんですか？」

「いえ、違います、わたしは翻訳者で、ハンブルクの出版社から仕事をもらっていました」

「話の腰を折って恐縮だが、これは物語ではなく証言ですから、気になるところははっきりさせてもらいますよ。そもそもコート・ダジュールでなにをしていたんです？」

「少し前からそこで暮らしていました」

「仕事を辞めて？」

「いえ、休暇です」

「どうぞ、続けてください」

「なにもかもすぐに誤解されそうで、話しにくくて……」

「わたしと向かい合ってそこに座る人はだいたいそうです。しかしわれわれはあなたを裁くためではなく、真実を知るためにここにいるんですから、勇気を出して」

「はい。子供のころ、母から父のことを、大きな事業で成功している立派な人だと聞きました。といっても、母も直接消息を得ていたわけではなく、新聞でカール・リッチモンドの記事のなかに父の名も書かれていたのでわかっただけです。それから戦争があって、わたしは家族もなにもかも失いました。戦後も廃墟と化した国で、一人貧しく暮らすしかありませんでした。翻訳の仕事はありましたが、お金も未来もありません。そんなときふと父のことを思い出し、助けてもらえないだろうかと思いました。わたしは口実をつくってヨットハーバーの商人に近づき、雑談のなかでカール・リッチモンドが看護婦を探していることを知り、志願しました」

「つまりそのときはこれといって計画はなかった？」

「ありません。ただカール・リッチモンドの船に乗り込みたかったんです。そして実際に乗り込んでみたら、ずっとそこにいたくなりました。これは、その、いやな女だと思われることも承知のうえで正直に申し上げています」

「続けてください」

「父とは一度も会ったことがなく、どういう人かわかりませんでしたから、しばらく観察しようと思いました。それに、父に助けてもらうといっても、実際のところなにをどう助けてもらいたいのか自分でもわからなかったんです。それでとりあえず船の上で暮らしはじめたところ、やがてわたしにとってのチャンスは父ではなく、その雇い主にあるとわかってきました。カール・リッチモンドという暴君は、じつは誠実な友情に飢えた気の毒な人だとわかったからです。そういう友情なら、わたしも自分を偽ることなくあの人に捧げることができます。自分らしくしていればいいだけですから。そしてわたしたちは慕い合うようになりました。でもそれを恋愛などと呼ぶのは、わたしにしても、おそらくあの人にしても、ばかげたことでした。あの人はもうそんな歳ではなかったし、わたしも恋愛には興味がありません。それでも彼は、わたしにとって申し分のない人で、ほかの人たちに浴びせていたようなひどい言葉もわたしには使いませんでした。そしてある日、結婚を申し込まれました。それは肉体的には虚構であっても、経済的にはすばらしいものとしかなりえない結婚でしたから、わたしはお受けしました。わたしにとってお金は、それまで一度も十分な額を手にしたことがなかっただけに、なによりも大事なものだったんです。それこそわたしがあの人を殺していないという証拠でもあります」

「その件はあとで話しましょう。先にアントン・コルフさんのことを聞かせてください」

「父とは良好な関係を築くことができました。娘だと打ち明けたのは結婚が決まったときです。婚姻手続きのため、いくつかの書類が必要になり、父に事実を打ち明けざるをえなくなりました。でもごく冷静に、大騒ぎもなにもなく伝えられたし、受け入れてもらえたんです。わたしはそれまでの自分の人生を事細かく語り、船に乗ったわけも言いました。すると父はすぐ、これまでの償いのためにも、おまえの味方になると言ってくれました。そしてその約束を守ってくれました。結婚式は船上で済ませました。主人の体のこと、仕事上の名声、わたしたちの歳の差などを考えて、大げさなお披露目《ひろめ》などはしないと主人と決めたからです」

「そのあたりのことはわれわれも十分承知しています。聞かせてもらいたいのは、ご主人の死に関する直近の出来事でして」

「でもそれはほんとになにも知らないんです。そもそもカールが殺されたと知っていたら、あんな行動はとらなかったし」

「どういう意味です？」

「あまりにも突然のことで、気が動転してしまって」

「説明してください」

「結婚してから、カールはわたしを相続人にするために遺言書を書き換えることにしました。でも資産の額が額ですから手続きがたいへんです。父が主人と何度も相談しながら準備をし、つい先日、船がニューヨークに着くほんの少し前に、主人が新しい遺言書をしためました。それは立会人の前で書かれた正式なものですが、まだ登録されていませんでした。ニューヨークに到着次第、登録することになっていて、その時点で前の遺言書が無効になります」

「それで？」

「ところが突然主人が亡くなったので、わたしはすっかり慌ててしまったんです」

「そうでもなかったんじゃありませんか？　誰にも気づかれていなかったようだし」

「ほんとうです！　そんなふうに疑われたらこれ以上続けられません」

「ではその点もあとで考えるとして、まずは続けてください」

「主人の死については病死だと思って疑いもしませんでしたし、いっぽう新しい遺言は未登録だからわたしは相続できないと慌てたんです。繰り返すようですが、恋愛結婚ではありませんでしたし、遺産は莫大なものになるんです。それでふと、主人が亡くなったことをもう少しのあいだ隠しておければ、遺産を受けとれるんじゃないかと考えました」

「浅はかな考えです。遺体をどうするつもりだったんですか？」

「船はもうニューヨークが見えるところに来ていましたから、なんとかなると思いました。家まで運んで、そこで一日待てばいいので」

「いや、だから、そのあとどうするつもりだったんです？」

「お医者さまに死亡診断書を書いてもらって」

「そんなばかな。死後一日以上経っていることを医者が気づかないとでも思いますか？」

「それは医者次第でしょう？」

「ほう。どこでそういうニセ医者を見つけるつもりだったんです？」

「父が助けてくれるだろうと」

「コルフさんにはそういうツテがあったんですか？」

「いいえ、とんでもない」

「じゃあどうして彼が助けてくれると思ったんです？」

「さあ、それは……ただ父だからというだけですけど。わたしがまた無一文になったら父だって困るでしょう。だからなんとかしてくれると思ったんです」

「それでマーティン・ロマーを通したんですね？　お父さんだと思って」

「ええ。ニューヨークに知り合いなど一人もいませんから」

そのあと、タイプライターの音が止んでも、ケインはじっとデスクに目を落としたまま動かなかった。そのまましばらく沈黙が支配した。なにかまずいところがあったのだろうかと思ったが、ヒルデにはそれがなんなのかわからなかった。

まだひと言も口を利いていなかった別の刑事が、イタリアのシガリロを取り出し、指で少し揉んでから火をつけた。だがその動作のあいだも意識してヒルデと目が合わないようにしている。

部屋に爆弾が仕掛けられていて、誰もがそれを知りながら爆発するのを待っているような雰囲気だった。

ようやくケインが動き、当惑顔をヒルデに向けて尋ねた。

「遺言の話ですが、その主張を通すつもりですか？」

「もちろんですけど、なぜそんなことを？」

「あなたの主張は、新しい遺言が弁護士によって登録されるのを待つために、ご主人の死を隠したというものですよね」

「ええ。でもなぜそんな訊き方を？　さっきも言いましたけど、主人が殺されたとは思わなかったんです」

「ああ、細かく言えばそうでしたね。では訊きますが、その遺言はどの弁護士事務所に届けられましたか？」

「そんなことは知りません。主人の仕事や事務にかかわっていたわけじゃありませんから」

「おやおや、またおかしなことを。あなたは新しい遺言のことをよくご存じだったじゃありませんか。そう口にしたばかりですよね」

「それとこれとは別の話です」

「ではあなたは、どこにあるかも知らない弁護士事務所で、名前も知らない弁護士たちに、その新しい遺言書とやらの手続きをしてもらうために、ご主人の遺体とともにニューヨークを横断したと言うんですか？」

「だってそうなんですから」

「それは違う。ただ時間稼ぎをしているだけだ。あなたは嘘をついている。こっちからほんとうのことを言いましょう。そんな遺言書など存在しない」

「え？」

「新しい遺言書など存在しない。弁護士も事務所も関係ない。ご主人の遺体を抱えてうろうろする理由はなにもない。これで振り出しに戻りましたね」

「遺言書がないって、どういうこと？」

「警察を見くびるのもいい加減にしろ！　リッチモンドさんのような著名人が亡くなられた場合、未亡人から話を聞くと同時に、当然のことながら調査もする。あなた自身が断定したように恋愛結婚ではないとなればなおさらのことで、利害関係が微妙な意味合いを帯びてきて、警察も含めて誰もがそれぞれの理由で色めき立つ。というわけで、われわれも真っ先にリッチモンドさんの弁護士全員に話を聞きました。そのなかの誰一人として、あなたのわけのわからない話を裏づけるようなことは言いませんでしたよ」

ヒルデは片手を喉に当て、口をぱくぱくさせながら、なんとかしてこんがらがった頭をもう一度動かそうともがいた。だがあまりの不意打ちにあっけにとられてどうにもならない。

「そんな、ありえません。勘違いしていませんか？　遺言書はあるんです。わたしは知ってるんです！」

「だったらそれはどこの弁護士に渡されたんです？」

「知りません！」

「叫ばないでくださいよ」

「あなた方が会った以外にも弁護士がいるはずです」

「そりゃ弁護士は大勢いますがね、ご主人の手続きを請け負っちゃいません。いいですか、あなたのご主人とその事業に関する法的手続きに関しては、ある事務所が丸ごと、専任で請け負っているんです。さすがのリッチモンドさんでもそれなら十分でしょう」

「でも、さっきも言ったように、遺体を運んだのはまさに遺言書のためなんです。そうじゃなかったら、なぜそんなことしなきゃいけないんです？」

「それこそこっちが訊きたいですよ。それと、どうやって毒を盛ったかもね。どうもあなたは、ご主人が殺されたことについては興味がないようだが」

「こんなふうに疑われて立場が危ういとなったら、まず自分のことが先になるのは当然でしょ？」

「あなたの立場が危ういなんて誰も言ってませんよ」

「もうたくさん！　やめてください。あなたはわたしを犯人だと決めつけて、その考えにしがみついてる」

「しかし、そんな妙な話しか聞かせてもらえないんじゃ、信じろと言われても無理です」

「新しい遺言はあります。父とものことを話しました。父は主人の専属秘書で、あらゆる事柄に通じていましたから。遺言の登録も父が手配したはずです」

「それはいつ？」

「月曜日です。だからカールの死を隠したんです」

「ほらまた妙なことを。奥さん、あなたは使用人たちを丸ごと手玉にとるほどのしたたか者だ。それなのに、ご主人の遺言が郵便局から書類を送るみたいに簡単に書き換えられたなんていう子供じみた話に、まだ固執するんですか？　莫大な資産の相続人を書き換えるのに、どれほどの書類と署名と手続きが必要になるか想像してみればいい。それこそ書類の山ができますよ。時間も相当かかる。ところがあなたは、紙きれを一枚事務所にもっていけばそれで手続きは終わりで、そうしたら死体を差し出してすべて完了と、そんなふうに考えていたわけですよね」

「いえ、そんなんじゃありません。勝手に話をゆがめないで！　なんでもかんでも無理だとかできないとかって否定して……。とにかくこれが真実です」

「遺言が存在しないのになにが真実だ。泣いたって無駄ですよ。それよりほんとうのことを話してください。なにがどうしてどうなったのか。よく考えて。細かい点に気をとられて、なにか大事なことを見落としていませんか？　あなたの善意が誰かに利用されているのでは？　誰かに騙《だま》されたという可能性だってあるんですよ」

「遺言はほんとうにあります。ないなんて言えません。父に訊いてください。ちゃんと説明してくれるはずです。遺言のことを教えてくれたのは父ですから」

「もちろんそうします。だがその前に、なぜご主人の遺体を運んだのか白状してくれないと」

「やめて。もうたくさん……やめて！」

「まあまあ落ち着いて。早く事実がわかれば、それだけ早く取り調べも終わるんです」

「父に会わせてください」

「いいでしょう。それは約束します。ではここで少し休んで、もう一度よく考えてください。職務上あなたに訊かなければならないことはまだまだありますから、それについても考えておいてほしいですね。なかでも大事なのは、なぜご主人を殺したのかという点です」

「やめて！」

ヒルデは耐えきれず、デスク越しに飛びかかろうとしたが、ケインに腕を押さえられてしまった。そこで上着の襟をつかみ、嗚咽《おえつ》で身を震わせながら悲鳴を上げた。

「ここまでにします。しかし捜査はやめませんよ。そして法廷ではどんな言葉よりも事実のほうが力をもつことを覚えておいてください」

結局ヒルデは独房まで引きずるようにして連れていかれ、発作を静めるための鎮静剤を打たれた。それで意識朦朧となり、やがて悪夢のなかに落ちていった。

そのあいだにも、新聞各紙の発行部数は伸びつづけ、人々は連載小説そっちのけでこの事件の記事に夢中になった。

鎮静剤が効いて一晩眠ったことで、ヒルデは少し落ち着いた。だがまた同じような質問をされたらとても耐えられそうにないので、父と面会するまではなにもしゃべらないと取り調べを断固拒否した。

このおかしなもつれを説明できるのはアントン・コルフだけだ。なんのためにあんな話を吹き込んだのだろう。きっと理由があるはずだし、これからどうしたらいいかも教えてくれるはず。ひょっとして嘘をついたのだとしたら、それはなぜ？　すぐに嘘だとばれるのに、わざわざそんなことをするだろうか。いくら考えてもその疑問に戻ってしまい、ヒルデの思考は堂々巡りするばかりだった。

いや、堂々巡りというより、事の成り行きがあまりにも恐ろしくて頭が受けつけなくなっていた。だが今回の事件も含めて、出来事というのはヒルデの願望とも恐怖ともかかわりなく、時が厳格に刻む順序どおりに着々と進んでいく。考えてみれば、ヒルデの過去のさまざまな出来事もやはりいまと同じように生々しい展開を見せたはずだが、いまでは霧のなかにかすんでしまい、よくわからなくなっている。

自分はほんとうに生きてきたのだろうか。それともすべては夢のなかのことだろうか。欲望と後悔が生み出した都合のいい想像でしかないのでは？　瞬間的に過去が見えることもなくはないが、それはどこかの景色とか、においとか、言葉といった記憶のかけらであって、ある場所、ある時期、ある時間という枠で切りとられた断片でしかない。断片の前後の時間の流れは完全に消えてしまっていて、生きた記憶になっていない。しかもそれを信じる人が誰もいないとなれば、ほんとうにあったことなのかどうかもすこぶる怪しくなってくる。

人は二度死ぬという。命が尽きたときと、誰の記憶からも消えたとき。少なくともヒルデにはそのとおりだろうと思えた。

ケインは約束を守った。ヒルデは昼過ぎに呼び出され、面会室に連れていかれた。

コルフが小さいテーブルの向こうに座って待っていた。正確にいえば、ヒルデガルトはまだ正式に殺人容疑で逮捕されたわけではなく、どういう扱いにするか司法が決定を下すまで勾留されているだけなので、二人の面会に監視はつかず、鉄格子が二人を分かつこともなかった。だから二人は、少なくとも通りすがりの部外者には、どちらも自由の身に見えたかもしれない。

ヒルデは食ってかかったりしたくなかったし、自分を抑えられるくらいには元気を取り戻していたので、おとなしく相手が口を開くのを待った。

「いい知らせだ。今日の午後きみの弁護士が来て保釈を請求する。もし却下されたら不当勾留だと訴える。さらにその弁護士が、きみに不利な供述は記録されないようにしてくれる。ところで昨日はわたしの助言どおりにしたか？」

「ええ、言われたとおりに」

「よし。だがそれにしちゃ浮かない顔だな。なにかあったのか？」

「それはこっちが訊きたいわ。新しい遺言などないと言われたんだけど」

「なんの話だ？」

「警察が調べたら、弁護士は誰も新しい遺言なんか知らないと答えたそうよ。だからまずあなたに会わせてほしいと頼んだの。次の取り調べに臨む前に」

「うまいぞ」

「説明して」

「どうした、深刻な顔で。不安のあまり気落ちして、頭も混乱しているようだな。図星かな？　そしてあれこれ考えあぐねている」

「説明は？」

「ああ、そのためにここに来た。時間もある。だがたっぷりあるわけじゃない。なにしろきみはかなり特殊な生活を強いられているわけだし」

「あの遺言の話がどういうことなのか説明して」

「わかっている。だがまず、どの遺言のことだ？　複数あるんでね」

「もちろん最後の。あなたが登録させると言っていた」

「ああ、それで？」

「怒らせたいの？　説明してって言ってるの。全部あなたに言われたとおりにした。なにもかも指示どおりにして、答えにくい質問も無理をして――」

「ちょっと待った。じゃあ訊くが、なぜそこまでわたしの助言を鵜呑《うの》みにしたんだ？」

「だって、当たり前でしょ、信頼してるんだから。でもこんなときにそんなこと訊かなくても……。面会の時間は限られているんだし、わたしはすぐまた次の取り調べを受けるのに」

「いやこんなときだからこそだよ。警察の連中も血も涙もないというわけじゃない。娘が崖っぷちに追いつめられているとなれば、父親が娘と話をするのは当然のことだと思ってくれる」

「なんのこと？」

「なにって、これ以上の真実があるか？　きみの立場はまさに崖っぷちじゃないのか？」

「でもたったいま、弁護士が来て保釈を請求するって言ったじゃない」

「言った。たしかに」

「だったら、さあ、話して。そんな目で見るのはやめて！」

「いやはや注文が多いね。きみを見るな？　だが質問には答えろ？　まあいい。それで、正確にはなにを知りたいんだ？」

「なぜあなたが弁護士のところに行かなかったか」

「おお、大事な質問が投じられたな。そしていよいよ、父と娘のあいだで重大な話をするべき時がやって来た。愛情深い娘は父への信頼を失いかけている。そういうことだな？」

「そんなこと言ってない」

「ああ、言っていない。だがきみはそうなる。そのきれいな顔のうしろでは、すでに不安だの疑念だの不信だの、心かき乱す疑問が次々と生まれている。だから、娘の信頼を失うくらいならもう騙すのはやめたほうがいいと、そういうことかな？」

「そんなこと言ってない」

「いや、きみの言うとおりかもしれないぞ。この場で腹を割って話し合えば、心理的ショックを引き起こすことができて、それは今後の順調な進展に欠かせないことだからな」

「なんのことなのか全然わからないんだけど」

「じきにわかるさ。きみは頭がいい。展開が少々速すぎるかもしれないが、このあとまた独房で一人になって、粗末なベッドに横になり、静寂のなかで心を落ち着け、一連の出来事をもう一度振り返ってみればわかる。そのときこそ、ばらばらになっていたきみの思考と感覚と知性がふたたび嚙み合うはずだよ」

「あなた頭がおかしいの？」

「おい、勘弁してくれ。なぜまたそんな」

「だってそうとしか思えない。あなたの話、いくら聞いても一つもわからない。いったいなにを言いたいの？」

「言いたいこと？　いや別に。ただ成功した、勝った、それだけだ」

「勝ったって、なにに？」

「やれやれ、さっきとても重要なことを訊いたのに、きみはまともに答えなかった。だから改めて訊くよ。なぜわたしを信頼しているんだ？　もっと正確には、なぜ最初に会ったときわたしを信頼したんだ？」

ヒルデガルトの顔から血の気が引いた。頭がふらりと揺れ、慌ててテーブルにしがみつき、その手の関節が白くなった。

「おかしなことに、それ以外の点では正常に発達していると思えるのに、どういうわけか騙されやすい人間というのがいるものだ。しかしね、きみはもう子供じゃない。もしわたしがホテルで二時間ばかり過ごさないかと唐突に提案したのだったら、きみはわたしをはねつけていただろうし、それがまともな反応だ。つまりそうしたつまらないことは、きみの凡庸《ぼんよう》な想像力でも対処できるわけさ。ところがわたしが提案したのは、見ず知らずのきみに、世界有数の資産を皿に盛ってお届けしますよというものだった。すると小市民たるきみはさして驚きもせず、よく考えもせず、にっこり笑って皿の上のケーキに食いついた。その下にはネズミ捕りが仕掛けてあったのに。これをどう説明する？」

「嘘でしょ。これは夢でしょ？」

「いや、現実だ。夢を見ていたのはその前、新聞の求縁広告なんかで金づるが見つかると思っていたころのことだよ。お伽噺《とぎばなし》か宝くじみたいに！　金というのはそんなものじゃない。資産形成には長年の努力と知力と策略が必要で、眉間にしわを寄せて悩み抜き、屈辱に耐え、寝る間も惜しんで働かなきゃならない。きみの手が届く世界じゃない。お門違《かどちが》いだ」

「でも、わたしを雇ったときの話は……」

「ネズミにも、罠に入らせるためにチーズのひとかけらくらいやるさ。うまい話できみを釣り上げ、駒として手元に確保しておきたかった。そう、きみは、何年もかけて練り上げた緻密な計画を実行するための一つの駒にすぎない。億万長者の資産を横取りするっていうのは、血縁関係もないとなると至難の業でね。不測の事態に備え、誰からも文句をつけられないようにするには、想像力がいくらあっても足りない。なにしろすべての歯車が一つの乱れもなく嚙み合っていなければならないから」

「それはつまり、あなたが人でなしっていうこと？」

「だったら？」

「でもなぜわたしなの」

「そういう運命だったんだ。考えてみろ、実際問題としてきみに選択の余地など一度でもあったか？」

「こんな恐ろしい計画に、最初から狙いを定めて、意図的にわたしを引きずり込んだっていうの？　そんなことできるわけない！」

「現にできたじゃないか」

「あなたに悪いことなんかなにもしていないのに」

「復讐のためだとでも思いたいのか？　ばかばかしい。個人としてのきみにはなんの興味もない。きみはあの広告に応募した日に自らリスクをとった。そして豪華なヨットの上で、それまで考えられもしなかった夢のような日々を送った。どこに不満がある」

「でもこのままじゃわたしは死刑になる。処刑される！」

「だから？　きみだって不死身じゃないんだから、どうせいつか死ぬんだ。自動車事故や病気で死ぬよりましだろ？　苦しまなくてすむし」

「わたしがこのままでいると思うの？　警察に全部話すわ。そしたら断罪されるのはわたしじゃなくて、あなたよ」

「ばかだな。いまこうして手の内を見せたのは、もう形勢が決まっていて逆転できないからだ」

「殺してやる」

「どうやって？」

「全部話せば、きっと誰かが信じてくれる」

「それも想定内だ。きみはまたしても証言を変え、へまを重ねる。しかも世論はすでに敵に回っている。そもそも年寄りと結婚したのが間違いだったんだ」

「最初から全部言えばわかってくれる。新聞広告であなたを知ったことも、たくらみを持ちかけたのがあなただってことも、あなたがわたしを養女にしたことも」

「養女？　誰がきみを養女にした？」

「それまで否定するつもり？」

「どうした、つらすぎて頭がおかしくなったか？　わたしはきみの実の父親だ。書類に嘘はない。正真正銘の父親だ」

「どういうこと？」

「なぜハンブルク出身の女を探したと思う？　同郷のよしみで？　ばかな！　ハンブルク出身者を狙ったのは、わたし自身がそうであり、かつあの町が破壊されて記録も失われたからだ。つまり頭を使えば、思いどおりの書類を正式なものにしてしまえるからだ。したがって、望もうが望むまいが、きみはわたしの実の娘だ。その娘が犯罪に手を染め、処刑されてしまう。そしてその遺産をわたしが相続することになる。なぜならその父親であり、カール・リッチモンドの唯一の親族だから。これでわかったかな？」

「そんなのわかるもんですか！　あなたの言いなりにはならない。わたしはまだ死んでない。手の内を見せるのが早すぎたんじゃない？　全部ぶちまけてやるから。広告に応募したあとであなたから来た手紙も見せるし――」

「おっと、それならとっくに取り戻して処分した。広告そのものをどこかの資料室で見つけるのは簡単だが、あれはどこの誰ともわからない文章にしておいたから、わたしと結びつけるのは不可能だ。そもそもあの掲載はハンブルクで申し込まれているが、わたしは長年ハンブルクに行っていない」

「でもあのときホテルに来たほかの女性たちが証言してくれる」

「まさか！　わたしはいい加減な選び方などしなかった。カンヌに来たのはきみ一人。ほかに三人いると言ったのは、きみの競争心を煽るための方便だ。もちろん、たくさん応募があったというのは嘘じゃない。だがすべて、わたしが一度も足を踏み入れたことのない町の私書箱に送られている。その私書箱を突き止められたとして、それがなんの役に立つ？　きみの手紙もその応募の山のなかの一通にすぎなかったが、ほかのものよりましだったし、こちらの条件に合っていた。そこで少しばかりきみのことを調べ、そのうえで選んだ。ほかにもまだ脅し文句があるのか？」

「ええ。血液検査を要求する。血液型が一致しないことはすぐにわかる」

「そんなことを見落とすとでも？　わたしの血液型はどの血液型の子供でも生まれうるものでね、きみが何型であっても親子ではないことの証拠にはならない。どうだ」

「完璧なんてありえない！　どこかに綻《ほころ》びがあるはずよ、絶対に」

「そこまで言うなら探せばいい。この計画は何年もかけて練りに練った傑作だ。一つでも偶然に任せたりはしなかった。すべては無名を脱して名のある存在にのし上がるためだ。いまはただ金持ちにすぎないわたしが、明日は権力者になる。いまさら遅いのは確かだが、遅すぎはしない。自分に残された何年かを大いに楽しむつもりだ」

「その犠牲になんかならない。絶対に。たとえ罪を着せられたとしても、一人で犠牲にはならない。あなたを道連れにするから。わたしが食いものにされて喜ぶなんて思わないで」

「もう手遅れだよ、ヒルデガルト。まだいくつか時限爆弾が残っていて、きみにとどめを刺すように仕組んである」

「なんてふてぶてしい」

「お互いさまじゃないのか?」

「そんな悪事が通るわけない」

「古臭い説教のレベルだな。悪人は必ず報いを受ける? とんでもない思い違いだ。偏執狂か愚か者でもないかぎり、悪人は必ず成功する。わたしが証明してみせる」

「わたしを死刑にして手に入れた遺産を、平気で使えるっていうの?」

「なんだ、今度は良心の呵責《かしゃく》か? いったいどこまで幼稚なんだ。育ちそこないとしか思えないね」

「ねえ、お金が欲しいならあげるから、命は助けて。カールを殺したのは使用人の誰かでしょ。わたしたちには関係ない。遺産はあなたがとっていいから、わたしを自由にして。使用人は当然の罰を受けるだけよ」

「おめでたいやつだな。あんな下衆《げす》どもにそんな思いきったことができると思うか? またしても〝はずれ〟だ。勉強し直しだな。下僕は下僕のままで変わることはない。ああいう立場をそれなりに楽しんでいるんだろう」

「でも、殺したのがジャマイカ人じゃないとしたら、いったい誰が?」

「わからないのか?」

「え、まさか……」

「まさか……わたしだと? ほかに誰がいる? そもそもリッチモンドがいつ死ぬかわか

らないまま、こんな計画を立てられると思うか？　五年後か、十年後か、あるいは十五年後かもしれないのに？　最初から殺すつもりだったからこそ、スケープゴートを用意する必要があったんだ」

「そのためにわたしを雇ったっていうの？」

「ハイミスといっていいような女に興味をもつのに、ほかにどんな理由が考えられる？　言っとくが、きみは三十四で、なんの地位も築いておらず、なんの未来も見えていなかった。言っとくが、その歳でなにも成し遂げていないなら一生なにも成し遂げられない。わたしがいなければきみは惨めな暮らしのなかで老いていくだけだった。ところがきみときたら、その歳になってもなお、ほとんど無きに等しいチャンスを時おり夢見ていた。そうだろう？」

「ほかになにができたっていうの」

「方法ならいくらでもあった。いや、きみがとった方法はそこに入らないがね。とにかく敗戦から立ち直れなくてもがいている国と心中するなんてばかげている。人生は短いんだ」

「そうよ、だから逃げ出そうとしてあの広告に応募したんじゃない」

「あんなものに夢をかけるとは大人げない。いくらなんでも億万長者が新聞広告で相手を探すわけがないだろう。いまやどんな良家の娘でも、映画スターや競輪の名選手、悪名高き殺し屋にまで憧れる時代だというのに」

「わたしはどうなるの」

「どうにもならない。もともとどうでもいい存在だった。きみには過去もなければ未来もない。単なる大勢のなかの一人。それ以上のものじゃない」

「恨んでやる!」

「ご自由に」

「あなたはまともじゃないわ。こうやって全部打ち明けるなんて異常としか思えない。抜け目のない犯人ならこんなばかなまねはしない」

「勝利に酔うために打ち明けたとでも? とんでもない。わたしは悪人かもしれないが、サディストじゃない。これも計画の一部なのでね。ようやく真実を知ったきみが、いまごろになってじたばたすれば、きみに不利に働く。しかもわたしには〝つらい試練に見舞われた父親〟という役を演じるチャンスが回ってくる。といっても、公然と長年の疎遠《そえん》を詫び、改めて娘への愛を誓うなどという安い手は使わない。その程度の、心をかき乱すこともない父性愛をひけらかしてもなんにもならない。じつのところ、その点に気づいたときにはわれながら冴えていると思ったね。というわけで、わたしは父親としての義務と誠意のすべてを尽くし、誰が見ても賞賛に値するほど熱心にきみを守ろうとする。そしてきみの死後、憔悴《しょうすい》しきった父親、すべてを忘れたいと願う孤独な男としてこの国を離れる。まあ数か月の辛抱だろう。人の噂はそれほど続かない。そしてわたしの顔も名前も新聞から消えたら、そのときこそ勝利を心行くまで味わわせてもらう」

「でもわたしはそのときもう死んでる。無実の罪で処刑されてる！」

「だからどうした。そんなのはいまに始まったことじゃない。毎年毎年、社会の不正や司法の誤りが原因で冤罪《えんざい》が発生しているんだ。もみ消されるから一般には知られていないがね。きみだけが特別だなんて思うな」

「ほかの人のことなんかどうでもいい。わたしはまだ生きているし、生きつづけてみせる」

「ああ、それでいい。戦おうじゃないか。まあ、わたしのほうが強いがな」

「まだ信じられない。やっぱり夢よね。これは悪夢。でも正義はあるはず。わたしは悪いことなんかしていないんだし」

「それを証明してみろ」

「ほっといて。もうどういう人かわかったから。あなたなんか怖くない。ほんとうに怖いのは、わからない相手と戦うことよ。どこに危険があるかはっきりわかれば、対処できる」

「口先だけじゃな。言うは易く行なうは難しだぞ」

「わたしはまだ裁かれたわけじゃないんだから」

「ああ。それにまだ死んでもいない。しかしその〝まだ〟に大きな意味があるか？」

「わたしを罠にかけたつもりだろうけど、そうはいかない。こっちは文字どおり命がけで戦うんだから。もう遺産なんかどうでもいい。いまの望みは自分の自由とあなたの断罪を勝ちとることだけ。なぜ笑うの？」

「いや、なぜって、きみがあまりにも月並なことしか言わないからだ。これじゃ勝負にもならない。正当性とやらを信じてそれに頼るとは、お先真っ暗じゃないか」

「あなたのことを話したら、なにもかも話したら、あなたも疑われる。見張られて、監視されて、取り調べを受ける。どうするつもり？」

「わたしの立場は揺らがない。妙な計画を練るまでもなく、わたしはすでに金持ちだ。寛大なるリッチモンドのおかげでかなりの金持ちになった。だがリッチモンドが死んだら金が入ってこなくなる。しかも彼の資産からわたしに遺贈されるのはわずかな金額。したがって殺害動機がない。いいか、痴情、憤怒、報復、どれも当てはまらない。唯一考えられるとしたら金銭だが、いま言ったように、わたしの場合はそれも当てはまらないし、そのことを証明できる。だったらあとはなんだ？」

「わたしに思いを寄せていたって言ってやる」

「自分の娘に？　そりゃやめておいたほうがいい。そんなことを言ったら、言ったほうのきみが国中の倫理団体から責められるぞ。そして精神分析にかけられ、子供のころになにかとんでもないコンプレックスを植えつけられたと言われるだろう。いずれにしてもきみはますます不利になる」

「でも動機ならわたしにもない」

「遺産に決まってるじゃないか！　老人は気まぐれだ。一度決めたことも、いつまた思い直すかもしれない。となったら、明日の百より今日の五十。そして有効なのは最後に登録された遺言だけ」

「でも慌てて殺す必要なんかないでしょ。その点から切り崩せるわ。わたしにとっては遺言がきちんと登録されるまで待ったほうがずっといいんだし、あんなふうに急いで船内で殺すなんて意味がない」

「そう思うのか？　ならそれでいい。願ってもないことだ。どうやらきみは手の内をさらけ出したいようだが、わたしはこれ以上御免だ。切り札は最後まで隠しておきたいほうでね」

「なんのこと？」

「きみは冒険向きじゃないってことさ。平凡な結婚をして子供の面倒でもみていればよかったのに、行くべき道を間違えたたな」

「そうかもしれない。でも、平凡なところがわたしの有利になるかもしれない。そう、あなたの言うとおり、こんな冒険には向いていないもの。警察はそう思うはずだし、きっと判事も、精神分析にかけられるならその担当医も」

「だがまずいことに、きみはハイミスとはいえまだ若いし、美しい。それなのに結婚という形で体が不自由な老人に身売りした。金目当てだったのは明らかだ。これについては、程度の差はあれ、船に乗っていた全員が証言するだろうし、きみには大きな傷がつくことになる」

「そういう結婚をした女性ならほかにもたくさんいるじゃない」

「しかしこんな派手な事件に巻き込まれたのはきみだけだ。金目当ての結婚をしたという事実がきみの有利に働くことはない」

「そんなこと、もうどうでもいい。それよりあなたの立場を打ち明けてくれてありがとう。これでどうすればいいかわかった」

「わたしは最初からきみを信頼していたんだぞ。きみを正当に評価していた。そうだろう？　きみは期待を裏切らない……。人にはそれぞれ固有の〝心の道〟のようなものがあって、それをたどって生きていくしかないんだ。どれほど熱意があっても、そこから抜け出すことはできない。わたしはきみの道を知っている。それをたどってどこまで行けるかも知っている。つまり、きみとわたしでは力の差がありすぎて勝負にならない」

「自信過剰よ」

「いやいや。そう思いたいのはわかるが、わたしが勝手な思い込みをしているわけじゃない。わたしのほうが強い、それだけのことだ。きみにはどうすることもできない。どれほど勇気を奮っても、ネズミがネコに勝つことはない。きみはしょせん、わたしの手の内で動く〝わらの女〟にしかなりえなかったんだ」

そのときノックの音がした。

ヒルデガルトはびくりとした。アントン・コルフは薄笑いを浮かべ、それからゆっくり立ち上がって言った。

「クイーンはもらった。きみの手元にはポーンが一つだけ。さて、なにができるかな？」

ドアが開いた。

看守が立っていた。

「面会は終わりです」

「ヒルデガルト、心配するな。その問題はこっちでなんとかするから」

ヒルデはもうなにも答えなかった。

看守が一歩引いて、苦悩に顔をゆがめる父親を通した。

ヒルデガルトは独房に連れ戻された。そのままなにも起こらなかった。雷も落ちなければ、稲妻も光らず、奇跡は起こらなかった。だがコルフのほうは自由の身で、自信満々のまま、ふたたび廉潔《れんけつ》の仮面をかぶって街へ戻っていったに違いない。悔しいけれど、たしかにコルフの社会的地位は簡単には揺らがないとヒルデは思った。カール・リッチモンドの二十年来の右腕で、個人的にもかなりの資産をもっている。唯一の泣き所は長年会っていなかった娘。その娘が陰謀を企て、父親を探し出して利用し、前代未聞《ぜんだいみもん》のスキャンダルを引き起こし、父親の老後に暗い影を投げかけようとしている。それでもコルフは父親としての義務を果たそうとし、子供のころの娘に差し伸べそこなった手を今度こそ差し伸べ、娘がどんな供述をしようとも、そばにいて支えようとする。そういう話にもっていくつもりだろう。そのすべてが偽りだと誰が信じるだろうか。最初から父親ではないと言っておけばまだしも、ヒルデはそうしなかったのだから。こうなったら警察はヒルデを犯人と決めつけたまま、再検討しようとも思わないだろう。法廷に出るまでもなく、ヒルデの運命は決まってしまう。

独房のなかを行ったり来たりしながら、恐怖で狂いそうな頭を必死で働かせた。もはやコルフのたくらみを隠す必要もないのだし、こうなったらケインの前で今度こそすべてを打ち明けるしかない。だが、コルフが言っていた時限爆弾とやらも気になる。どうせはったりだろうと思いながらも、きっとなにかあるという確信もあった。そもそもすべて片がついているのなら、わざわざヒルデにすべてを語ったりするだろうか？　もちろん例の新しい遺言の件があり、コルフはそこを説明できなかった。だがほかにも理由があるのではないか。だとしたらその理由を見つけなければ。いずれにしても、ヒルデの立場はこれ以上悪くなりようがない。遺体を運んだのはヒルデ一人だったのだから、弁護士がいくら知恵を絞っても、殺人とは無関係だと陪審員に納得してもらうのは難しい。

あれこれ考えてみたものの、やはり真実を語る以外に活路はないと思えた。はっきり主張すれば、検証してもらえるかもしれない。ヒルデとコルフの主張が真っ向から食い違うことになるわけで、コルフに関与の疑いがあると思えば、警察は直接コルフを問いつめて尻尾をつかむだろう。

リスクがあるとはいえ、考えれば考えるほどそうするしかないと思えてくる。いまや自分の命がかかっているのだし、欲深くて軽率だっただけで死刑にされてはたまらない。ヒルデは女看守を介してスターリング・ケインに会いたいと訴え出た。ところが、すぐにも呼ばれると思ったのに、ケインからは必要になったら呼ぶという返事が来ただけだった。

風向きが変わっていた。ヒルデはもはや大富豪の未亡人ではなく、夫殺しの責めを負うべき哀れな策謀家にすぎなくなっていた。全身から力が抜けていく思いだった。悪魔の術でここに閉じ込められたようなもので、その術を解く呪文がまったくわからない。

自分に理があるはずだという確信も、もはやなんの慰めにもならなかった。コルフの言うとおり、クイーンはすでにとられ、ヒルデに残されたのは善意というポーンが一つだけ。そんなものを誰が欲しがるだろう。

そう思ったとき、樹木が水を吸い上げるように、生への執着がヒルデの体内に湧いてきた。狭いベッドにじっと横たわっていても、皮膚の下では血が脈打っている。体はまだ丸みを帯び、筋肉も締まっている。病気もない。このふくよかな肉体が老いて衰えるにはまだ何年も何年もかかる。何年も……。だがあの男の陰謀にはまって死刑囚房に連れていかれたら、もうおしまい。

そこから先は一日一日がどれほど貴重なものになることだろうか。恐怖と孤独の夜でさえ、あと一晩、あと一晩と数えることになり、その挙句にとうとうその日がやって来る。そして刑務官に付き添われ、記者たちに遠巻きにされて、刑場へ向かう……。

想像しただけで心臓が早鐘を打った。全身に冷や汗が出て、恐怖がどんどん膨《ふく》らみ、体はそれを包むもろい覆いとしか思えなくなった。両手でそっと顔をなでてみる。目を開け、閉じ、ざらざらした毛布の下で脚を動かしてみる。喉元に手を当てて脈を確かめる。そうやって自分がまだ生きていることを確認せずにはいられない。

その日はそのまま過ぎていった。食事の時以外、ヒルデのことを気にかける者は誰もいなかった。知恵を絞り、計画を練り、弁護方針を決めなければならないというのに、重苦しい無気力状態から抜け出せない。考えてみればあっという間の出来事だった。カールが死んでからまだ数日しか経っていないのに、早くもコルフが正体を現わし、ヒルデはマットに沈められてしまった。

こちらが奮起すべきときに、そうさせないようにしたコルフは、なすべきこととタイミングを心得ていたと言うべきだろう。ヒルデが気力にあふれているより、ぐったりしているほうが都合がいいに違いないのだから。

コルフが言っていた弁護士はまだ来る気配もない。そもそも雇ってさえいないのでは？このうえどんな罠を仕掛けているというのだろう。

彼のことをいくら人でなし呼ばわりしたところで、こちらが助かるわけではない。行動しなければとヒルデは自分を叱咤《しった》した。夫の遺産にはなんの未練もない。いまとなってはただもう死にたくないだけ。そしてコルフが裁かれるのを見たいだけだ。この苦しみを彼にも味わわせ、罪を認めさせ、償わせたい。そしてその場に立ち会って、最前列で彼の敗北を見てやりたい。望みはもはやそれしかない。

だがそれもこのままでは夢物語に終わってしまう。なにしろいま苦境に立たされているのはヒルデのほうであって、コルフではない。しかも向こうが自由に動きまわり、着々と手を打っているときに、こちらは信じがたい事態に唖然とし、ただ天か、運か、あるいはなにかが正義の旗を掲げてくれるのを待っているのだから。

戦おうとするヒルデと無気力なヒルデ、二つに分裂してしまった自我はなかなか一つに戻ろうとしなかった。事態が深刻すぎ、衝撃が強すぎて、理性で把握することができなかった。

だからヒルデの口からは絶えず、処理しきれない驚愕が意味不明の言葉となってこぼれ出た。悪夢はもはや背景に漂う霧ではない。いまや彼女の人生そのものが悪夢なのだ。それでもまだ自分が眠っていると思いたくて、顔だの手だのをつねってみずにはいられない。

そうかと思うと無意識のうちに呼吸を止めていて、なにかがのしかかってきたように息が苦しくなってようやく気づいたりもする。

わたしはひとり。たったひとり。

そんな惨めな現実が、罠にはめられたこと以上にヒルデの力を削いでいく。

その日の終わりごろになってから、ヒルデはふたたびケインに会わせてほしいと頼んでみた。すると今度は「あなたのことを忘れてはいません」という皮肉な伝言が返ってきて、ヒルデを震え上がらせた。

結局その日は呼び出されず、夜になり、朝になった。不安と恐怖と絶望のために用意されたような一夜を過ごして朝を迎えたとき、ヒルデはすっかり青ざめ、ますますやつれていた。それでも最後まで戦うという決意は変わらず、何度も何度も話を聞いてほしいと訴えた。

その願いがようやく届き、ケインに呼ばれたのは昼前のことだった。

部屋にいた全員がヒルデのほうを見たが、誰一人として会釈はもちろん、同情のかけらさえ見せない。ヒルデは倒れ込むように椅子に座った。

「わたしに会いたいとのことでしたが」とケインが言った。

ヒルデは頷き、かろうじて微笑みらしきものを浮かべた。

「新たに証言したいことがあるんですか?」

「はい、真実を」

「また？」

「いえ、今度こそすべてを。それでどう思われようとかまいません。自分がやってもいないことで死刑になりたくないので」

ケインは書記に合図を送ってから煙草に火をつけたが、今回はヒルデに差し出そうともしない。そのちょっとした違いが悪い兆しに思えた。

「わたしは罠にはまりました。なにもかも仕組まれていたんです」

「誰の手で？」

「アントン・コルフです」

「お父さんが？」

「あの人は父じゃありません」

「ほう、また言うことが変わりましたね。では何者なんです？」

「わたしを養女にしたんです。ハンブルクの新聞に載っていた募集広告で、わたしはコルフを知りました。願ってもない結婚話と贅沢な暮らしを約束してくれたので、それと引き換えにコルフの要求を受け入れました」

「まさかこの二日で頭がおかしくなったわけじゃないでしょうが、そりゃいったいなんの話です？」

「信じてください。今度こそほんとうです。今度こそ全部話します。あの人が遺産を狙ってすべてをたくらんだんです。主人を殺したのも、わたしに遺体を運ばせたのも、あの人です。それがわたしに罪を着せるためだったなんて、思いもしませんでした。でも、彼の思いどおりにはさせません。遺産がわたしの手に入ることはもうないでしょうけど、でもあの人にも渡さない。あの人には刑務所に行ってもらうから。主人を殺したのはあの人です！」

「奥さん、落ち着いて。叫ぶ必要はありません。わたしは目の前にいるんだし、耳も悪くないんだから。それに話を聞くのが仕事ですから。たとえそれが支離滅裂な話でもね。で、結局のところなにを言いたいんです？」

「アントン・コルフが犯人です。あの人を逮捕してください。身代わりのわたしをこのまま有罪にするなんて、とんでもない。なにもしていないんだから。ひどいことはなにも！金目当ての結婚をしただけだし、そんなのわたしだけじゃないでしょ！」

「一つずつ順を追って説明してください。一度に言われても理解できませんよ」

「あの人はわたしに罪をなすりつけるために養女にしたんです。そんなこと、思ってもみませんでした。でもあの人が自分の口でそう言ったんです。全部自分がたくらんだことだと白状したんです」

「具体的にはどう言いました？」

「わたしを養女にしたのは、自分の娘にしておいて、わたしが夫から相続する遺産を自分が受けとれるようにするためだったと」

「彼はいつあなたを養女に？」

「知り合ったときです、カンヌで」

「そのとき初めて会ったんですか？」

「はい。あの人が新聞に出した求縁広告に応募したんです」

「そこに願ってもない結婚話が載っていたと」

「そうです」

「だったらなぜコルフさんはあなたと結婚しなかったんです？」

「あの人の意図は自分が結婚することではなく、わたしをカール・リッチモンドと結婚させることだったんです」

「で、リッチモンドさんはそれを知っていたんですか？」

「もちろん知りません。知っていたら拒んだはずです」

「ということは、コルフさんは雇い主の結婚相手を探すために広告を出した。だが雇い主はなにも知らなかった。しかもその雇い主は、多くの証言によれば人間嫌いで、おまけに女嫌いだったんですよね」

「コルフは操る術《すべ》を知っていたんです。きみ一人ではなにもできないが、わたしと組めばできると言われました。きみの成功がなければわたしの成功もない、とも」

「その時点であなたを養女にしたんですか？」

「そうです。そういうことになったんです」

「養子縁組を提案されるまでに何回くらい会ったんです？」

「二回目のときに提案されました」

「それはいくらなんでも早すぎませんか。親子関係を結ぶんですよ？」

「でもそれが計画の前提だったので」

「つまり、あなたはひと目会っただけでコルフさんを信用したんですか？　で、コルフさんのほうも、広告に応募してきたあなたに、すぐに計画を打ち明けたんですか？　そして自分の雇い主と結婚させますよと約束した？　そうしておいて、雇い主を殺し、あなたに罪を着せた？　なんなんですか、この話は！」

「おかしな話だっていうのはわかってます。でもそれはわたしの説明が悪いからです。細かいことまで話せているわけじゃないし。でも嘘じゃなくて、実際にわたしの身に起きたことなんです。信じてください。主人は死んでしまうし、わたしはこうしてつかまって殺人犯扱いされて、こんな状況で落ち着いていられるわけないじゃありませんか！」

「おっと、ようやくまともな言葉が出ましたね」

「わたしには夫を殺す動機がありません。なにしろリッチモンドは金持ちで、わたしはそのために結婚したんですから」

「まあ、その件はまたあとで。コルフさんの話に戻りましょう。あなたはあくまでも養女だというんですね？」

「そう言ったじゃありませんか」

「では、それを証明できるんですね？」

「それはわかりません。書類上の手続きはすべてアントン・コルフが仕切っていて、養子縁組も、結婚もそうでしたから」

「それでも実の父親が誰かを証明することくらいできるはずだ」

「両親は爆撃で亡くなりました」

「亡くなった証拠がどこかにあるはずですよ。お墓とか」

「いいえ、なにも。なにしろあの大空襲ですから。遺体も見つかりませんでした。瓦礫《がれき》の下に埋もれてしまったんだと思います」

「でも目撃した人がいたのでは？」

「そのとき一緒にいた人たちが見ています。でも、救援が来たときにみんなばらばらになってしまって」

「それで、ご両親の死は役所にも届けられていない？」

「ええ、それどころじゃありませんでした」

「では訊きますが、あなたの出生に関する書類があり、そこにアントン・コルフ氏が父親だと明記されていることについてはどう説明しますか？」

「だからそれはあの人が勝手に作り上げたものなんです。わたしには養子縁組だと言っておいて」

「しかしハンブルクの正式な保管記録の写しですよ」

「きっと誰かに金を払って用意させたんです」

「しかしコルフさんは一九三四年以来、一度もドイツに入国していない」

「それも誰かを使ったんです」

「誰を？」

「そんなこと知りません」

「知らないじゃ済みませんよ。誰かに責任を転嫁《てんか》しようと必死なのはわかりますが、そんな筋の通らない話じゃどうにもならない」

「だから説明しようとしてるんじゃありませんか！　こっちは味方もいないのに、そうやって一方的に攻めたててばかり。ややこしい話だからすごく難しいんです。それでも努力してるのに、頭から疑ってかかられたんじゃ……。わたしがばかなことをしでかしたように見えるから、犯人だと決めつけているんですよね。でもそれはそう見えるだけです。わたしに不利な点はみんな見せかけでしかないんだから」

「ご主人の遺体を運んだわけは？」

「前にも言ったように、遺言が登録されるまでの時間を稼ぐためです」

「しかしそんな遺言は存在しない」

「そんなこと知りませんでした！　主人の死を隠すように言ったのもアントン・コルフです」

「ところであなたは、コルフさんに口止め料を払ったことはありませんか？」

「もちろんありません。そんなことするわけがありません。すべてを計画したのはあの人なんだから」

「ほんとうにありませんか？」

「いったい何度言えば信じてくれるんです？」

「では、あくまでも、お父さんがご主人を殺したと言うんですね？」

「父じゃありません！」

「質問に答えて」

「……そうです。あの人が主人を殺し、わたしに罪を着せようとしているんです。わたしが死刑になれば、あの人が遺産相続人になるので」

「しかし、あなたが言うように養女にしたのだとすれば、そうはなりませんよ」

「だからこそ、コルフは実の父親のように振る舞っているんです」

「まあそういうことにしておきましょう。つまり彼はあなたに罪を着せ、あなたの死後自分が遺産を相続するために、あなたを利用したと」

「そうです、そのとおりです。やっとわかってくれたんですね。わたしが言いたかったのはそれです。ようやく全部話せました」

「しかし死刑にならなかったら？」

「え？」

「あなたは魅力的な女性だし、有能な弁護士がうまく立ちまわれば、陪審員もあなたに同情して懲役刑でいいことにしてくれるかもしれない。さらに控訴審で減刑されることだってありえますよ」

「そうなったら……」

「そうなったら？　まさにそこを訊きたいんですがね。そういう可能性があるのに、なぜコルフさんは雇い主を殺したんです？」

「でもあの人はわたしが死刑になると言っていて……」

「財産狙いの場合、〝かもしれない〟で殺したりはしない」

「でもわたしにはそう言ったんです。手の内を全部見せたんです」

「いつのことです？」

「昨日の面会のときに」

「殺人容疑をかけられてもいない人間が、わざわざ疑いを招くような打ち明け話をすると思いますか」

「きっと、わたしが事実を知って苦しむところを見たかったんです。あの人でなし……。嘲笑《あざわら》うために来たんです。わたしを嫌っていて」

「嫌うとは、なぜ？」

「わかりません。もうなにがなんだかわかりません。とにかく恐ろしい、死にたくない。わかるのはそれだけです」

「だったら言っときますが、罪を認めるのが一番です。あなたは欲得ずくで人を殺した。でも欲深い人間はいくらでもいる。それに、あなたには同情に値する点もある。愉快な暮らしなどとうてい望めない国から来たんですから。だから一時の気の迷いで――」

「でもわたしはやってない。殺したのはコルフよ！」

ケインは立ち上がり、デスクに両手を突いてヒルデのほうに身をかがめた。

「人生とは不思議なものです。あなたは幼いとき父親に捨てられた。ひどい話だし、あなたが恨むのも当然だ。だがコルフさんは、あなたと再会してから失われた時間の埋め合わせをしようとしたんです。今回の件でも、あなたの最大の味方はコルフさんなんですよ。その証拠を見せましょうか？」

ヒルデはぽかんとケインの顔を見上げた。

「テープレコーダーをもってきてくれ」とケインはずっと静かにしていた部下の一人に声をかけた。

ヒルデは混乱し、自分がおかしいのかと思いはじめた。コルフとの面会、あれはほんとうにあったことなのか。あの話はほんとうにコルフが語ったのか。それとも、あれもすべて悪夢？

部下がテープレコーダーを二台もって戻ってきて、デスクの上に置いた。ケインがその片方をたたいて言った。

「こっちはリッチモンドさんの船にあったものです。それがなぜここにあるか、わかりますか？」

ヒルデは混乱するばかりだった。

「コルフさんを尾行したからです。彼はあなたを助けるために船に戻る必要があった。そこで夜、人目を忍んで港に行き、埠頭の端に車を停めて乗船しました。後をつけていたわれわれは身を隠し、コルフさんがタラップを下りてくるのを待ちました。戻ってきた彼は、われわれに気づくなり、このテープレコーダーを海に捨てようとしましたよ」

「いったい、どういうこと？」

「まあ順を追って。まずこっちのテープから聞いてください。もう一台はそのあとで」

ケインは巻き戻してくれと部下に言うと、椅子にどっかり腰をおろして煙草に火をつけた。

部下はレコーダーの蓋を外し、プラグをコンセントに差し込み、デッキの上のボタンを押した。テープが勢いよく巻き戻され、中国人がものすごい速さでしゃべっているような音がした。

「これはコルフさんの取り調べを録音したものですが、あなたたち親子の感情がどれほどすれ違っているかよくわかります。これを聞いてもらうのは、わたしが単なる個人的な反感からあなたを責めているわけではないと証明するためです。あなたにもコルフさんにも弁明の機会を平等に設けました。これを聞いたうえで、正直なところどちらに分があるか、あなた自身で判断したらいいでしょう」

そしてテープを回せと合図した。

流れ出たのは二人の男の声だったが、最初ヒルデにはそれが誰の声なのかも、なんの話なのかもわからなかった。目の前のデスクに置かれた二台の装置が、ヒルデの負けを確実なものにするための仕掛け爆弾かなにかに思えて、耳を傾けるどころではない。不安のあまり、テープを繰り出して巻きとっていく二つのリールに目が釘づけになった。スピーカーの性能がいいのか声ははっきりしている。目を閉じたら、この部屋で話しているように思えそうだった。

片方の声はコルフのものだとようやくわかった。

「……どういうことなのかわかりません。娘は気が動転していたんだと思います。わたしを信じようとしなかったのは当然のことでしょう。どういう子供時代を送ったかを考えればわかります。わたしは娘がいると知りながらなにもしてやらなかった。いまとなっては、娘に負わせた大きな損失をどうやったら補《おぎな》えるのか、自分でもわかりません」

「コルフさん」今度はケインの声だった。「この取り調べはほんとうに特別なものです。あなたは今日の午後、長々と質問に答えてくれました。あとはいくつかの細かい点を残すだけですが、細かいといっても娘さんには重大な結果をもたらすものです。

あなたはニューヨークからそのままフロリダに向かわれた。その理由も聞かせてくれました。いっぽう、状況が状況だったので、われわれはあなたのマンションに行きました。そしてメールボックスのなかから港で投函された手紙を見つけました。開封させてもらいましたが、その内容はこうです。

《お父さま、ここに二十万ドルの小切手を同封します。これが最初の小切手ですが、結局のところ最後のものとなるでしょう。お渡しするのは主人が亡くなったからです。これであなたの良心の呵責が和《やわ》らぎますように。この出来事も時が経てば忘れられるでしょうし、この小切手でお父さまも心穏やかにお過ごしになれるでしょう。親愛なるあなたの娘、ヒルデガルト・コルフ＝リッチモンド》

そして金曜の日付の、あなた宛の横線小切手が同封されていました。これについて説明してもらえますか?」

テープはしばらく無音だった。ヒルデはまさか、そんなと思いながら、テープから目を離せなくなっていた。部屋のなかもテープのほうも沈黙が続いた。リールが回っていなければ故障かと思うほどだ。

「これは……」とようやくコルフの声が聞こえたが、そこでいきなりケインがテープを止め、ヒルデのほうに少し身をかがめて静かに言った。

「先ほど、コルフさんに口止め料を払ったことはないかと訊きましたが、覚えていますか? ほんとうにないのかと念を押しましたよね。ここであえてもう一度、あなたに同じ質問をします」

ヒルデは口を開けたまま、レコーダーとケインを交互に見た。なにかとんでもないパンチを食らった気がするが、どういうことなのかまるでわからない。

「これでもまだ否定しますか? あなたがご主人を殺し、二十万ドルでお父さんの口を封じようとしたことを」

ヒルデは半ば口ごもり、半ば泣きながらどうにか声を出した。

「こ、この手紙を書かせたのもあの人です。わたしを雇ったとき、口述筆記で。これは、わたしの誠意に掛ける保険みたいなもので、わたしが遺産を手にしながら、あの人に約束の金額を払わなかったときに使うんだと言われました」

「あなたの話では、コルフさんは全資産を狙っているんじゃなかったですか?」

「そうです。いまはそうだとわかってます。でも最初はそうは言わなかったんです。雇い主から受けとる遺贈分が二万ドルしかないので、それを二十万ドルにしたいって」

「それで、この手紙はコルフさんと出会ってすぐに書いたと?」

「そうです」

「フランスで?」

「はい」

「なぜ彼のニューヨークの住所を知っていたんです?」

「それも言われたとおりに書いただけです」

「見知らぬ人と二度会っただけで、その人に頼まれてこんな危険な手紙を書いた? しかも自分と、相手と、まだ会ってもいない未来の夫の名前を組み合わせて署名したというんですか?」

「でも、その手紙は重要じゃなくて、ただの保険みたいなものだと言われて……」

「ではなぜ小切手が同封されていたんです?」

ヒルデはケインを見つめながら両手をぎゅっと握りしめた。

「それもあの人に頼まれて、ニューヨークに着く前に小切手帳から切りました。きっとわたしをゆするつもりだったんです」

「リッチモンド殺害の件で？」

「はい、わたしにその罪を着せて」

「しかしこの小切手は金曜の日付で、ご主人が亡くなったのは日曜日の未明だ。犯行前の日付の小切手で、どうやってあなたをゆするんです？」

「そんなのわかりません。ニューヨークに着いたらしばらく会えないし、主人とわたしは飛行機でカリフォルニアに行くことになっていたので、万が一飛行機事故にあったら、自分は結局二万ドルしか受けとれないからと言うんです。だからあの小切手はわたしに生命保険をかけておくようなものだって」

「しかしあなたはコルフさんがご主人を殺したと言いましたよね。だったら彼には小切手など必要なかったんじゃありませんか？」

「でもそのときはカールがまだ生きていたので、わたしにはそんなことわかりませんでした」

「それでこんな高額の小切手に平気でサインしたわけですか。ご主人になんと言うつもりだったんです？　いくら資産家でも、二十万ドルといったらたいへんな額ですよ」

「カールには知られないはずでした」

「なぜです。もう殺すつもりでいたからですか？」

「違います！　違う！　違うったら！」

一度叫んだら止まらなくなった。

「そんなに騒がないでください。こっちは質問しているだけで、答えを押しつけているわけじゃないんだから」

そしてケインはまたテープレコーダーのボタンを押した。早口の中国語のような音でテープが少し戻ると、彼はそこで止めてふたたび再生を始めた。

「……これについて説明してもらえますか？」とケインの声。

先ほどの恐ろしく長い沈黙が繰り返され、それからコルフの困ったような、悲しげな声が流れた。

「これはとんでもない誤解によるものだと思います。じつは、娘とはよく遺産の話をしていました。リッチモンドの死後に娘が相続する遺産のことですが、それも仕方のないことで、娘はまだ若いし、美人だし、しかも結婚するまでずっと幸福というものを味わったことがなかったんですからね。それで娘はいろいろな計画を立てて、夢中になっていました。なにしろたいへんな額です。それにリッチモンドはもう高齢で、それほど先は長くなかった。というわけで、事件の数日前にもまたその話になったんですが、そのときつい口がすべって、心にもない嫌みをぶつけてしまったんです。おまえはいいじゃないか、努力もなしに、わたしが一生働いて手に入れた額の百倍くらいもらえるんだからと。浅はかな言葉で、口にすべきじゃなかった。しかしわたしも人間ですから、娘があまり夢中になっていたのでちょっと癪にさわったんです。羨《うらや》ましくもありました。話はそれっきりになったんですが、娘はどうやら気にしていたようです。それに気前のいいところもあるんです。おそらくはそのせいで、その手紙と小切手を送ってくれたんでしょう。ほかに説明のしようがありません」

そこでケインがまた止めた。

「あなたを陥れることばかり考えている〝人でなし〟とやらが、こういう証言をしたことについて、あなたにもよく考えてみてもらいたい」

そしてヒルデの反応も待たずにまた再生ボタンを押した。

「……送ってくれたんでしょう。ほかに説明のしようがありません」

「というより、コルフさん、娘さんがご主人を殺し、そのあとで口止め料として送ってきたんじゃありませんか?」

「いや、そんなおぞましい当て推量は耳にしたくもありません」

「しかし誰かが毒を盛ったことは否定できないわけで、しかもリッチモンドさんが最後に使ったグラスからは、ご本人と奥さんの指紋が検出されています」

「それは証拠になりません。ジャマイカ人たちは手袋をして給仕しますから」

「それはそうだが、グラスにリッチモンド夫妻の指紋があったということは、給仕されたあとで二人がグラスに触ったということでしょう」

「ばかばかしい。そもそも娘が犯人なら指紋を拭きとりますよ。議論するまでもない」

「そうはいきません。これは殺人事件です。胸中はお察ししますが、わたしだけではなくあなたにとっても、肝要なのは真実のみであるべきです。娘さんのバッグのなかから微量の粉末が検出されたことをどう説明します？　分析したところ、クラーレという猛毒物質でした。リッチモンドさんの司法解剖で体内から検出された唯一の毒物です」

「推測であって証拠じゃありません」

「それが〝ソラナイス〟という、熱帯地方だけで見られる花から抽出される毒でもですか？　特にバミューダ諸島に広く生息している花です。リッチモンド夫人以外に、ハミルトンで船を下りた人はいましたか？」

「船員が下りたはずです」

「ジャマイカ人はどうです？」

「彼らが途中で下船することはありません。年俸を支払う代わりに、船の上だけで働かせています。暇な時期が何か月もある代わりに、いったん船に乗ったら休暇はとらせません」

「ジャマイカ人以外に、リッチモンドさんの船室に出入りできたのは？」

「原則としては彼らだけです」

「確認したかったのは以上です」

テープから妙な音が聞こえた。なにかを動かすような音に続いて、コルフが「どうも」

と言い、少しして息を吐く音。煙草を勧め合ったのだろう。二人は一服したようで、それからまたケインの声が尋ねた。

「コルフさん、あなたは密《ひそ》かに船に戻ったのを見つかったときから、あの奇妙な行動については証言を拒否しておられる。しかしあなたが船から持ち出し、われわれに気づくや捨てようとしたテープレコーダーは、こちらにとっては幸いなことに無事でした。当然のことながら、内容は何度も聞かせてもらいましたよ。つまりわれわれも秘密を知ってしまったわけで、この際ですからなにもかも打ち明けてくれませんか」

「お断わりします。そもそも録音された証拠は法廷では使えないはずです」

「ここは法廷ではなく、わたしのオフィスです。あなたも真実を求めているという点ではわたしと同じでしょう。助け合えるんじゃないかと思いますがね」

そこでまたしてもケインがテープを止めた。

「コルフさんが船から持ち出そうとしたテープですが、あなたも聞きたいですよね。ただし亡くなったご主人の声が入っていますから、そのつもりでいてください」

そしてもう一台のテープレコーダーを回すよう部下に合図した。

ヒルデはすでに恐ろしさのあまり口がからからで、胸を締めつけられ、身動きできなくなっていた。深い穴に突き落とされたうえに、いまやその穴がふさがれようとしている。コルフの言ったとおりだった。ここから抜け出すことはできない。からくりは完璧に組み上げられていてミス一つない。すべてが時計仕掛けの装置のように動いている。コルフが言ったとおり、ヒルデがまだ生きていることにはもはやなんの意味もなかった。

　突然、夫の声が大音量で響いた。

「……わかったな。ニューヨークで連中に会って、早急にちゃんとした書類にしてくれ」

「承知しました」といかにも忠実そうなコルフの声。「しかしそこまでお急ぎになる必要はないでしょう。いままでにないほどお元気ですし、ご結婚ですっかり若返られたのでは？」

　すると夫のあの耳障りな笑い声が聞こえてきたので、ヒルデは身震いした。

「このごろの若い女というのはずいぶん変わっているな。若いころ女はわからんと思ったが、いまになっても結局のところ不可解なままだ。特にあいつは謎だよ。こっちが老けたからかもしれないが。聖女なのか、それとも屍《しかばね》の血を吸おうと狙っている妖婦なのかまるでわからん」

「同じように生きていても、人生の目標は人それぞれですよ。それでも人類の半分は残りの半分の愛を追いかけているんですから、あなたはなかなかお幸せじゃありませんか」

　またしても夫の奇妙な笑い声。そういえば夫の生前から、ヒルデはその笑い声を耳にするたびに身震いしたものだった。

「装置はもうつないだか？　あとでまた細々と質問されるのは御免だぞ」

「少し前から録音しています」

「よし、じゃあ始めよう」

そこでマイクのすぐ近くに置かれたらしい食器の音が響きわたり、ヒルデは飛び上がった。

「基本的には前のままにしておけ。変えるのは二項目だけで、一つはあの若い細君に関するものだ。金を全部あれの好きにさせるつもりはない。金額が大きすぎるし、あれはまだ若すぎる。どこかの海辺で拾った若いツバメとつるんで浪費されたりしたらたまらん。それに、金がありすぎると性格まで変わってしまう。だがやらないと言うんじゃないぞ。金を遺してやって、折に触れ、この年寄りのことを思い出してもらいたい。あれはかわいいやつだしな。さて、コルフ、どうしたもんかな。家屋敷と宝石類に加えて、そう、二百万ドル、そのあたりが妥当かな？」

「お心が広い」

そしてまたあの笑いが聞こえ、しばらく部屋のなかで物を動かす音が続き、それからまたリッチモンドが言った。

「よし、決めた。百万だ」

「いま二百万と言われましたが」

「そうか？　覚えていない。まあ、百にしよう。二よりも一だ。一人の夫、一人の子供、一つの遺産というじゃないか。いい数字だ……。あの間抜けどもが、眼鏡をどこにやった」

「呼びましょうか？」

「あとでいい。とにかくおまえが責任もってちゃんと正式なものにしてくれよ。カリフォルニアに発つ前に署名するからな」

「わかりました」

「もう一つはおまえの分だ、コルフ。どうするね？」

コルフは答えない。

「欲のないやつだな。おまえは律儀《りちぎ》だ。だからいつでも安心して仕事を任せてこられた。まあ、切れ者というほどじゃないかもしれんがな。少しとろいし、細かすぎる。しかしおまえも年をとったもんだ。先々のことも考えてやらなきゃならん。どうだ、いくら欲しい」

「こちらから申し上げることではありません」

「なんだ、このばかが。こっちが訊いてるんだから答えろ」

「前の遺言書では二万ドルいただけることになっていました」

「それで十分か？」

「いえ、その、十分とは……」

「じゃあいくらだ」

コルフがおずおずと数字を言った。

「十……」

「十って、なんだ。ドルか？」

リッチモンドはこの冗談に大喜びし、くすくす笑った。

「どうした、答えろ。十ドルか、それとも十万ドルか」

「十万ドルです」

「いいぞ。おまえが初めて自主性を発揮したからには、応援してやらんとな。三十万にしてやろう」

「そんな！」

「ああ、礼なんか言うな。さもないと取り消すぞ。考えてみれば、あのテキサスの石油開発のときもよくやってくれた。わたしのような人間の下でおまえが果たした役割は、わたしだったらとうてい辛抱しきれず、投げ出していただろう。だからな、これを恵みだと思う必要はない」

そこでノックの音。

「なんだね？」とリッチモンド。

「お茶をおもちしました」

「録音を止めますか？」

「ああ。じゃあ忘れずに、ニューヨークに着いたらすぐ――」

録音はそこまでで、コルフが装置を止めたところでリッチモンドの言葉が切れた。じっとりした重い沈黙が広がった。

ヒルデはこの展開にすっかり面食らい、いま聞いた言葉の意味も、それをどう解釈すればいいのかもわからなかった。

ケインはヒルデに声もかけず、最初のテープに戻ってその続きを再生した。それからヒルデのほうを見たが、その目は無表情だった。ただヒルデを見ている、それだけだ。だがヒルデのどんな反応も見逃さず、すべてを正確にとらえ、理解し、判断しようとする目だった。

最初のテープの続きが流れた。

「……わたしと同じでしょう。助け合えるんじゃないかと思いますがね。あなたは娘さんに遺言の書き換えのことを話しましたか？」

「もちろんです」

「娘さんの反応は？」

「それは、なんと言いますか……どちらかというとがっかりしたようでした。前の遺言にあったように、娘は自分がすべて相続するものと思っていましたから」

「いっぽうあなたは得をすることになった」

「そうです」

「そしてニューヨークに着いたら、あなたが弁護士に新しい遺言書を作成させるはずだった」

「そのとおりです」

「なぜ弁護士のところに行かなかったんです？」

「時間がありませんでした」

「いやいや、そうじゃないでしょう。実際は、少し待ってほしいと娘さんに頼まれたんじゃありませんか？　そしてその後、娘さんが前の遺言を生かすためにリッチモンドさんを殺したとわかったので、今度は娘さんをかばうために、書き換えのことは握りつぶそうと思った。違いますか？　そして娘さんがご主人の死を隠蔽したのは、本人が言う『新しい遺言を登録する時間を稼ぐ』なんていうおかしな話のためではなく、書き換えの証拠を消す時間を稼ぐためだったんじゃありませんか？　あの二十万ドルの小切手がそれを証明していますよ。あれはあなたの助けに対する感謝でもある」

「とんでもない」

「だったらなぜあなたは夜中にこそこそと、泥棒みたいにテープレコーダーをとりに戻ったんです？　そして見つかったとわかるとすぐ海に捨てようとしたんです？　なぜ受けとれるはずの三十万ドルをあきらめたんです？　娘さんに容疑がかからないようにするためだったんじゃありませんか？」

「娘にはリッチモンドを殺す動機がありません。遺言が書き換えられても、百万ドルも相続できるんですよ」

「それはそうだが、全資産に比べたらかなり見劣りしますよね」

「そんなことはない。娘は貧しい暮らしを強いられてきたんです。百万ドルなんていったら夢のような額です」

「しかし、新しい遺言を握りつぶしてくれたことに感謝して、あなたに手紙と小切手を送ったじゃありませんか」

「あれはまったく関係ありません」

「コルフさん、すでに事実は明白なんだから、いい加減認めてください。あなたは娘さんのためにできるかぎりのことをしたんです。子供の教育には責任があっても、品行にまで責任はありませんよ」

「すべてとんでもない誤解です」

「はいはい、そうでしょうとも。しかしね、細かい点とはいえ、これだけの事実が一つの方向性を示しているわけですから」

ケインがテープを止めた。

「あとはたいした内容じゃありません。少なくとも訴因には関係しません。さて、奥さん、どうします」

「否認します。全面的に否認します。わたしは罠にはめられたんです。犯人じゃありません」

「明白な事実を否定するのは、あなた自身のためになりませんよ」

「遺言についてのその録音のことなど知らされていませんでした。主人からも、アントン・コルフからも聞いていません」

「そいつはどうにも信じられないな」

「その録音の声は主人のものじゃありません」

「ご主人じゃないとしたら、いったい誰です」

「わかりません。でも主人の声ではありません」

「あなたは来週裁判官の前に呼ばれます。しかしそれでさえ、大陪審に比べたらなんでもない。大陪審ではのらりくらりと質問をかわすことなどできないし、これまでのように作り話でごまかすこともできません。弁護方針をしっかり固めておいたほうがいい。こんなことを言うのもあなたを思ってのことです」

「なぜ信じてくれないんです？ どうしてわたしの言うことを片っ端から否定するんです？」

「わたしの仕事は真相の究明でしてね、真相というのは、言葉より事実から明らかになることのほうが多いんですよ」

「でもあなたが信じてくれないなら、陪審員だって一人も信じてくれない」

「だから有罪を認めろと言っているんです。それなら極刑を免《まぬが》れるチャンスも出てくるかもしれない」

だがヒルデはもう反応できなかった。

額をハンマーで強打された牛のように、ただ空を見つめていた。耳鳴りがしていた。デスクの上に置かれた二台のテープレコーダーが、点火されたのに爆発しない爆弾のように異様に思えた。

たったいま、ヒルデの体内で小さいバネが外れたのだ。奥のほうにある小さいバネなのに、大事なものだったようで、それだけで体という複雑な機械が丸ごと壊れてしまった。そのせいで恐怖も、寒さも、空腹も感じなくなり、欲望も、不安も消えてしまった。自分がまだ生きていることはわかる。耳には周囲の会話がざわめきとなって聞こえている。目も刑事たちの姿をとらえている。だがヒルデは大きな象牙の塔のなかにいて、そこから彼らを見ているだけなので、言葉ははっきり聞こえないし、こちらから話しかけることもできない。彼らは塔の外にいる。いや彼らだけではなく、ほかの誰もが塔の外にいる。ヒルデが言葉を交わしたことがない人々でさえ、アメリカでもドイツでもなく、ヒルデがけっして行くことのないどこか遠い国に住んでいる人々でさえ、ヒルデの敵となって塔の外に……。棺に入れられた身元不明の死者と同じく、ヒルデは孤独で、惨めで、無防備だった。

だが無感覚なので、ある意味では安らかだった。死者との違いといえば、ただ完全に息絶えてはいないことだけ。

だがそれは小さな、取るに足りない違いでしかなく、いずれ時がそこの帳尻も合わせるのだろうと思った。

ヒルデガルトは独房に連れ戻され、横になるとすぐ眠りに落ちた。女看守はそれを見て、あの女は間違いなく有罪だと上役に告げた。あんなふうにぐっすり眠れるのは子供か犯罪者だけですよと。

火刑のために柴の束が一つずつ積み上げられていくように、翌日もまた、前日より重くも長くもない一日が過ぎていった。

ヒルデガルトはすでに力尽き、奇跡以外に自分を救えるものはないと悟っていた。

このあと自分を待つのは裁判という大がかりな茶番劇だけで、すでに役者も顔を揃えて出番を待っている。判事、弁護士、証人、記者、そして一世一代の大役に挑むアントン・コルフ。

またしても質問が浴びせられるだろう。いくらほんとうのことを訴えても、誰も信じてくれないだろう。こうなったらもう、自分は長くないと覚悟を決めるしかない。

ヒルデの頭のなかは壊れたマリオネットのようにばらばらになっていた。あの小さいバネを自分で元どおりにすることはできなかった。バネが外れたあのときから、胃の不快感が消えなくなり、なにかひと言質問されただけで激しい吐き気がこみ上げ、苦しみに身をよじってしまう。

誰一人味方もなく、何一つ身を守る術もない状態で一日中放っておかれたが、ヒルデはそれでもおとなしく待った。もはや憎しみもなければ後悔もなく、抵抗する気力もない。ただベッドに座り、模範的な死刑囚のように待っていた。

苦しみを避けられないなら、最小限ですむようにするべきだ。ヒルデはわずかに残った力をそこに使おうと思った。こういうとき、祈ることができれば助けになったかもしれないが、残念ながらヒルデは信仰をもたない。要するになにももっていない。ほんの少しの時間以外、なにも残されていない。

その夕方、ヒルデは独房から出され、面会室に連れていかれた。

待っていたのはアントン・コルフだったが、その姿を見てももうなにも感じなかった。憎悪も恐怖も、怒りまでもが、すでに彼女を見捨てていた。

ヒルデはコルフの正面に座り、両手をテーブルの上に置いて相手が話すのを待った。この男がやって来たのは、自ら造り上げた建造物に最後の石をはめ込むために決まっている。

「ケイン捜査官に会ってきたよ」とコルフは言った。「きみがこれ以上ないほど間抜けな対応をしてくれたことに心から感謝する。やはりわれわれの利害は一致しているんだな。

そうでなけりゃ、きみだってあんなにうまく立ちまわれなかっただろう」

ヒルデは答えなかった。コルフの言葉は耳までは届いたが、脳には届かなかった。

「今日は別れを告げにきた。きみは明日裁判所に呼び出され、間違いなく大陪審送りと判断される。そうなったら監視付きでなければ会えなくなるし、もう面白い話なんかできないからな」

「あれはなんなの。録音されてた遺言の話」

コルフは笑いだした。

「ああ、あれか、驚いただろう。殺害の動機を捏造《ねつぞう》するためのちょっとした工夫だよ。録音したのはかなり前だ。出来はどうだった？　ものまねの才があるだろう？」

「カールじゃないのはわかった」

「そりゃそうだろう。愛は耳を育てるからな」

「あの人じゃないとわかった」

「とはいえそっくりだったろう？　だがわれながら冴えていたのは、あれを船にとりに行ってわざと見つかるようにするという作戦だ。後をつけられているとわかっていたから芝居は簡単だった。だが最後の最後で危うく無駄になるところだったよ。熱の入りすぎた刑事たちが全力でわたしに飛びかかったはいいが、勢い余ってレコーダーを落としそうになってね。こっちが気をつけていて、しがみついたからよかったようなものの、そうじゃなかったら海にドボンだぞ」

「あんな話まででっちあげるなんて、どこまで貪欲《どんよく》なの」

「人生は短い。そのあとに待っているのは虚無と分解と腐敗だけ。だから命あるかぎり、それを満喫《まんきつ》すべし」

「でも人を犠牲にしてまでなんて許されない」

「だったら戦争はどうなんだ。あの信じがたい規模の不正をもう忘れたか？　無数の人間が殺され、手足をもがれ、拷問され、囚われた。あれはなんのためだ。教えてくれ」

「そんなのまったく別の話でしょ」

「きみから見ればそうだろうな。三十年ものあいだ、名誉や自由や誠実や義務について紋切り型の考えを鵜呑みにしてきたんだろうから、一日で変えろというほうが無理だ。世間一般の良識とやらを信じつづければいい。そして自分は正しい人間だと満足して死んでいけばいい」

「まだ若いのに、死にたくない」

「こっちも殺したいなどと思っちゃいないぞ。だがどういうわけか、その必要があると誰もが確信しているようでね」

「お願い、なんでも言うとおりにするから、助けて」

「おいおい、お互い感傷的にはならない約束じゃなかったか？」

「だったらなぜ来たの。サディズム？」

「とんでもない。親なら面会に来るのが当たり前だからだ。そうだろう？　そしてもちろん、疑われないようにこれからも続ける。だが次からは監視付きになるし、きみのためにお楽しみの種明かしをするチャンスは今日しかなさそうだ」

「聞きたくもない」

「ほう。しかしいつまでもそう無気力じゃいられないだろう。また少し力が湧いてきたときに、やはり真実だけが進むべき道だときみが考えてくれたらこっちもありがたいんでね。なにしろきみが真実を主張すればするほど、ぼろが出ることになるからな。それでも一度その真実に頼ったからには、きみは今後もそこにしがみつくしかない」

「たしかにケインの前ではうまく説明できなかった。でも弁護士ならわたしよりもっとうまくやれるし、あなたを追いつめることもできる」

「じつは、頼りになる証言をいくつか用意してあってね。高くついただけに揺らぐことのないものだ。たとえばルド夫人は、きみが一九四六年からカンヌにある彼女の家具付きアパルトマンを借りていたことを証言してくれる。老後の生活を保証してやったから、裏切ることはない。となると、かなり前からカンヌに住んでいたきみが、ハンブルクの新聞広告でわたしを知ったと主張するのは難しくなる」

「でもハンブルクにはわたしが仕事でお世話になった人たちがいる」

「彼らが知っているのはミス・メーナーであって、ミス・コルフじゃない」

「でも顔は変わっていないんだし」

「もちろん。だが誰がわざわざ確認するだろうか。わたしが作り上げた話に誰かが異を唱えないかぎり、検証は行なわれない。そして話のほうはといえば、念入りに仕上げてあるんでね。いや、ほんとに。さて、きみのために異を唱えてくれる人間をどこで見つけるつもりだ？　忘れるなよ。きみは遺体を運んだ件でも、ハンドバッグから微量の毒が見つかった件でもまともな説明ができないということを。こっちはいろいろ指示はしたが、証拠はいっさい残していない。そしてもう一つ、世論がきみの敵だということも忘れるな。世間から見れば、きみは欲得ずくで陰謀をめぐらす冷酷な人殺しなんだ。だからいくら被害者だと訴えたところで誰も信じないし、きみの立場はますます悪くなる。それこそ最大の失策だよ」

「でもどうしてそれをわたしに言うの？　もうなにも恐れるものがないから？」

「きみに残された時間が短いという話さ。ほかになにがある？」

「死刑になると決めつけてるみたいね」

「それ以外の可能性は考えにくい」

「でももし死刑にならなかったら、あなたはどうなるの？　懲役刑ですむ可能性も十分にあるし、一審でだめなら控訴する。そしたらどうするつもり？　アントン・コルフ、答えて」

「だったらしっかり生き延びて、自分の目で見ればいい。ただし、その可能性も考慮済みだということは言っておく」

そう言うなりコルフは薄笑いを浮かべた。ヒルデはぞっとしてまた吐き気に襲われ、なにも答えられなくなった。そこへ静寂が忍び込んできて、やがて二人を包んだ。コルフはその勝利の静寂をひとしきり味わうと、ゆっくり立ち上がった。

「明日また判事の前で会うが、残念ながらもう二度と二人きりにはなれない。だから最後に一つだけ、勝者から敗者への損得なしの助言をさせてくれ。これからどういう目に遭おうと、あまり大げさに考えるな。肝心なのは、たとえ短期間でもいい時間を過ごせたということだ。そこを大事にするんだ。そのことだけ覚えていればいい」

「こんなにふてぶてしい人は見たことがない」

「そりゃそうだろう。世のなかぼんくらばかりだからな」

「あなたもわたしと同じくらい苦しめばいい！」

「そう思うのが普通だ。だがそんな言葉は新年のあいさつ程度にしか聞こえないね」

「あなたに心を寄せたことが恥ずかしい」

「恥じることはないさ。道端の雌犬どもだってそうだから」

「出てって！」

「さようなら、ヒルデガルト……」

　そしてコルフは最後の一瞥を投げ、ドアをたたいて看守を呼んだ。

　ヒルデガルトは独房に連れ戻された。


　もう新聞を読むのはやめた。事件はゆがめられ、大衆好みに塗り替えられていて、そんな記事を読めば動揺するばかりだし、自分の頭のほうがおかしいような気がしてくる。ヒルデはベッドの上に座り、心臓の鼓動を聞きながら、明日向き合うことになる人々の冷ややかな顔を思い浮かべてみた。質問には落とし穴がたくさん仕掛けられているだろうし、そこに落ちたら弁護士も助け出せないだろう。そもそも弁護士にはまだ会ってもいないし、どんな人物が来るにしてもどうせコルフの息がかかっている。そしてあの恐ろしい群衆……。自分がすでに世間の敵になったことは知っているが、ここに来てからは塀の外の話で、直接脅威を感じることはなかった。だが明日、ふたたび群衆の目にさらされたらどれほど恐ろしい思いをするかわからない。しかもヒルデはたった一人でその全員と戦わなければならない。その戦いはいったいなんのためだろう。なんのためにわざわざ泥をかきまわし、水を濁《にご》らせなければならないのだろう。ヒルデは心底うんざりしてしまった。どうあがいてみても逃げられない。たまたま死刑を免れたとしても、待っているのは終身刑。それで十年から十五年模範囚でいたら、あるいはほんの少し刑期が短縮されるかもしれないが、それははるかに先の老境に差しかかったころの話だ。すでに三十四なのだから、刑務所から出るときにはやせ細った一文無しの老婆になっている。しかもそれさえ、運がよければの話なのだから。

ヒルデはベッドの上でぼんやり空を見つめていた。どうしようもなく涙がこみ上げてくる。だがこのまま泣きじゃくったりしたら最後の勇気までなくしてしまうと思い、無理やりのみ込んだ。そしてそのとき、自分でもなにとはわからないまま、決心がついたことを知った。

自分の愚かさの犠牲になるなんて、なんとぶざまな話だろう。新聞広告で夫を見つけた女性はたくさんいるはずなのに、なぜ自分だけがこんなことに？　なぜ自分だけがこんな悲惨な目に？　なぜ？　いったいなぜ？　どれだけ問いかけても答えは見つからない。いや、そもそもまともな答えを求めることが間違いだ。どんな出来事も、それを体験した個人にとっての真実があるだけで、普遍的な真実などありはしない。

ヒルデは立ち上がり、鉄格子に近づいて燃えるような額を当てた。正面に見えるのは大きな灰色の壁だけだ。首を少し右にひねると、看守たちが出入りする灰色のドアが見える。左右の独房は空のようだった。まだ死刑囚になったわけではないので、ヒルデが望めば、ラジオでも本でも煙草でも、孤独を紛らすのに役立ちそうなものがいろいろ手に入れられるだろう。いまのところ裁判所の決定を待っているだけという立場なのだから。それに、重要な状況証拠はあるものの、ケインの言葉からもわかるように直接証拠が挙がっているわけではない。だからこの夜のヒルデにはまだ、ある意味では普通の人間として、望みや願いを聞いてもらえる可能性が残っている。それにヒルデは金をもっている。有罪が確定しないかぎり、それは彼女のものだし、周囲の人間も、まさかのどんでん返しがないともかぎらないので、金持ちにはよくしておこうと思うだろう。

だが明日以降、アントン・コルフが一つずつパズルを埋め、事前に接見してもいない弁護士が弁護に立ち、判事がお決まりの質問をし、それに対するこちらの答えに誰も耳を貸してくれなかったら、そのとき自分はどうなってしまうのだろう。女囚たちがひしめき合う、恐ろしくて厳しい共同生活のなかにほうり込まれてしまうのではないだろうか。友人ができるとしても、相手は嬰児殺し犯、売春婦、窃盗犯、無認可の堕胎施術者、あるいは親殺し！　そんな人たちと打ち明け話だの料理のレシピ交換だのをするなんて！　しかもそうなったら二度と一人きりにはなれず、掃き溜《はだ》めの一部となって、女囚たちと寝起きを共にすることになる。規則に違反したら懲罰用の独房に入れられるのだろうが、そこは一人といってもまったく自由が利かないだろう。囚人服を着せられ、看守を憎み、こっそりメモを回し、誰かの処刑の日には嘆きを共にしながら、自分の処刑の日が告げられるのを待つ。そしていよいよその日が決まったら特別な区画に移され、四六時中看守が独房の前を行き来するようになり、死後のことを考えるにも、眠るにも、体を洗うにも、用を足すにも、うんざり顔の女看守の容赦ない視線から逃れられなくなる。しかも看守のほうは正当な権利を盾にとり、人殺しには永遠の命など与えられないのだと、なにかにつけて思い出させてくれるだろう。

そんな状態に置かれたら、合法的に殺される日を待つのも苦ではなく、むしろ早く来てほしいと思うかもしれない。もちろんほかにも、げっそりするようなことが山ほどあるに違いない。たとえば南京虫とか、ベッドのすぐ脇に置かれた尿瓶《しびん》のにおいとか、まともな暮らしをしている女には想像もつかないようなことが。

ひどい吐き気がこみ上げて、ヒルデは目を閉じ、格子にしがみついて辛うじて体を支えた。少しして収まったので目を開けると、元の灰色の壁が見えて、そうだ、まだすべてを失ったわけじゃないと思った。少し頭のなかが先走っただけだ。格子で仕切られ、閂《かんぬき》がかけられ、窓といえば小さい屋根窓しかないこの小さい独房も、先ほどの想像に比べたらずっと快適だし、看守もしょっちゅう来るわけじゃない。狭いベッドもわらの寝床よりましだ。そう、なにも心配することはない……。

ヒルデは部屋のなかを行ったり来たりしはじめた。縦に十二歩、横に七歩行ったら戻るしかない。涙で視界がぼやけ、手も汗ばんで何度もスカートで拭かなければならなかった。心の奥のほうでなにかが、おそらくは本能が、さかんにわめいていて、ヒルデになんとか助かる方法を考えろと言っている。どんな形であっても、死ぬより生きているほうがいいぞと言っている。だがそんな臆病な声に耳を傾けるなと命じるヒルデもいる。もうあれこれ考えてはいけない。ただ信じればいい。これまで信仰をもたなかったが、ここでいきなり狂信家になり、神を頼り、神に苦しみを打ち明け、すべてを神の御手に委ねればいい。

心があまりにも張りつめて呼吸さえ忘れてしまい、何度も苦しくなった。そのたびに慌てて片手を壁に突き、もう片方の手を喉に当てて必死で息を吸い、吐き、また吸って吐きと繰り返す。そうすると手の汗で壁に染みができるが、すぐに消える。

ヒルデはまた歩きはじめた。縦に十二歩、横に七歩。少しは気が紛れるかと子供のころのことを考えてみたが、子供時代はあまりにも遠く、いい思い出もない。だったら戦争はどうかと思ったが、こちらはあまりにも長く、しかもそのあいだに起こったのは爆撃、火災、友人の死、家族の死と、悲劇ばかり。そのなかで唯一、繰り返し現われてはヒルデの心を揺さぶるのが、あの廃墟で出会った兵士の記憶だった。いまでもまだ手のひらと下腹部に、あの兵士の獣のように熱を帯びた肉体を感じさえするのだが、時とともに顔はわからなくなってしまった。どんな目の色をしていただろう。どんなまなざしだっただろう。こうして忘れることでふたたび彼を失うのかと思うと胸が引き裂かれそうだ。その姿を思い描こうとしても、もはや夢のかけらのようなものしか浮かんでこないなんて……。一夜かぎりの恋人が残してくれた夢のかけら、それはあの定かではない軍服のにおいと、現実を忘れるために彼の肩に鼻をうずめ、愛に身を委ねたときの、無精ひげが肌にこすれる感触だけ。とはいえ、ヒルデに過去も未来もないとしたら、そもそも彼のなにかが残っているなどと言えるのだろうか。

やり場のない感情だの葛藤だのに疲れはて、ヒルデはベッドにへたり込んだ。そしてつま先で靴を脱ぎ、シーツのあいだに長々と寝そべり、目を閉じ、眠れるかもしれないと思った。

知らぬ間に手が伸びて、ストッキングを脱いでいた。それはヒルデの長い脚をなめらかにすべり落ちた。足は細く、美しい弓なりで、ペディキュアにも手抜きはない。二十年くらい刑務所にいたらこの足はどうなってしまうだろう。こんなに透き通ったストッキングは、もしかしたらもう二度と履けないかもしれない。ヒルデは両手でストッキングをはさみ、そっとすべらせて絹のような感触を確かめた。いまやそれが唯一、贅沢と彼女を結ぶ絆《きずな》であり、命と彼女を結ぶ絆でもある。命と……。

ヒルデは発作的に、そのストッキングを思いきり、伸ばせるだけ伸ばしてみた。ナイロンは少し伝線したが、全体が切れることはなかった。念のためにもう一度やってみた。それは長くしなやかな紐のように伸びるし、強い引っぱりやひねりといった衝撃にも耐えられる。つまりロープのように使える。ロープと……首吊り……。およそ現代らしからぬイメージが浮かんだ。

首尾よくやり遂げるにはあれこれ考えないことだ。貪欲な本能に耳を貸してはいけない。

ただ両手をきびきびと動かして、二本のストッキングの端と端を結べばいい。その作業自体は恐ろしくないし、決定的でもない。ロープとしての役割を果たすとき、ほどけてしまわないようにしっかり結べばいい。ロープワークならヒルデはお手のものだ。あの短いながらも贅沢な暮らしのあいだ、ヨットがわが家だったではないか。船長に命じて、ロープの継ぎ方や、太陽の高度の計り方を教えてもらったではないか。そのほとんどはいまとなっては無意味だが、ただ一つ、結び方だけはこうして意味をもっている。あれならとてもよく覚えている……。

いよいよ実行しようというときに、なんの儀式もないのは妙な感じがした。だが考えてみれば、これは見世物ではない。サーカスの出し物ではなく、受刑者のあいだで時おり見られる行為でしかない。

でもそれですべて解決する。この惨めな状況も、醜聞も、恥辱も消えて、すべてが無に帰する。

アントン・コルフは大満足だろう。ヒルデを悼む人は誰もいないだろう。わけもわからず死んでいくヒルデを、子犬一匹見送ってはくれない。

もちろんそれは感傷的な泣きごとにすぎないが、ヒルデガルトはドイツ人で、ドイツ人というのは流行り歌に、軍隊の行進に、あるいはあの白い花、エーデルワイスにと絶えず涙してきたのだから仕方がない。それに、これはヒルデが見せる最後の弱さなのだし、自分のために泣いてくれる人が自分しかいない彼女を、いったい誰が弱いと責められるだろうか。しかもヒルデは心の奥にいるもう一人の自分にも、こんなことは御免だと叫び、もがき、怖がり、この期に及んでもなお生にしがみつこうとするもう一人の自分にも勝たなければならないのだし。

ヒルデの手はあたたかい肉体に触れていた。まだ生きていて、思うように動く体。衰えを見せるまでにまだ何年も、何年もこのままでいてくれそうな体。目だってそうだ。ちゃんと見える。だがそれこそいちばん酷《こく》なことかもしれない。木々も、海も、長い浜辺のはるかに遠くまで続く黄金の砂も二度と見られないのだと思うと……。いや、こんなときにぐずぐず泣いてはいけない。いつまでも泣いていたら力が抜けてしまいそうだ。ここは足を踏ん張り、感情の流れに逆らい、怯え震える体を引きずってでも前に進まなければ。時間の余裕もない。明日になれば糾弾という名の地獄がヒルデに食いつき、振りまわし、嚙みくだき、引きちぎるだろう。だからその前に消えたほうがいい。誰もいないところで、冷たい視線にさらされないところで……。

ヒルデは立ち上がり、格子越しにドアのほうを見て誰も来ないことを確かめた。あたりは静かだった。夕食の時間はとっくに過ぎていたし、ここでは夜は眠るためのものでしかない。

格子から離れ、視界を曇らせる涙を手の甲でぬぐいながら、ロープ代わりのストッキングを手にとり、琺瑯《ほうろう》びきの小さい洗面台に片膝をかけて思いきり腕を伸ばし、屋根窓の格子をつかんだ。それから両腕に満身の力を込めて体を引き上げ、洗面台の上に立ってどうにかバランスをとった。落ちるわけにはいかない。落ちたら物音で看守が飛んできて、ヒルデの意図を見抜いて唯一の武器を取り上げてしまう。ここは抜かりなく、かつ静かにやるしかない。だからヒルデはそうした。ストッキングを窓の格子にかけ、しっかり固定する。それから輪奈《わな》結び。簡単にできた。その輪を首にかけ、髪をかき上げて輪の外に出す。あとは片足を洗面台から降ろし、続いてもう片方の足も降ろすだけ。しばらく揺れるだろう。そのときなにかにつかまろうともがいてはいけない。じっと待つこと。長くはかからない。ヒルデの体内の本能はもがこうとするだろうが、たいしたことはできないはずだし、すぐに血液で喉がふさがるから悲鳴も続かないはずだ。

ヒルデは最後の最後に一瞬ためらった。一つ違う動きを選択すれば死は遠ざかり、生存のわずかなチャンスが戻ってくる。だがなんといってもつらいのは、ひとりぼっちだということ。最後に思い浮かべるべき人も、別れを告げる相手もいない……。

ゆっくりと、ヒルデは片足を降ろした。もう片方はまだ洗面台の上で、おかしなふうにねじれて全体重を支えている。まだバランスを保っていられるのはほんの偶然でしかなく、長く続くはずがない。やがて体がふらりと揺れてロープを引いた。ヒルデは海に飛び込むように目を閉じ、落下に身を任せると同時に「ああ、神さま！」とつぶやいた。もちろん、絶望的な状況になると神を呼ぶのは人間の常なので、神は答えなかったが、それはどうでもいいことだ。ヒルデガルトはもはやヒルデガルトではないのだから。だがまだ完全に死んだわけでもない。最後の生と死の狭間で、ヒルデガルトはもがき苦しみ、やがてすさまじい音で血が耳にあふれ、口から舌が押し出され、それからようやく、ヒルデガルトは揺れる骸《むくろ》となった。

裁判は開かれなかった。自殺によって、ヒルデガルト・リッチモンドは自ら殺人罪を認めたと解釈された。

新聞はトップ四段抜きでこの件を報じた。数々の写真が紙面を飾り、そのなかにはヨットウエアに身を包んだ殺人犯が、日を浴びながら笑顔で舵輪を回しているショットもあった。巷では、子供の世話と洗濯に明け暮れるのが定めである主婦たちが、いい気味だ、やっぱり正義はあるんだと溜飲《りゅういん》を下げた。

スターリング・ケインはすぐ別の事件に着手した。国際的なギャング団の尻尾をつかめるかもしれない麻薬事件だった。選挙も近いし、次の州知事に、警察には頼りになるやつがいるとアピールしておいて損はない。

カール・リッチモンドの屋敷は閉鎖され、使用人たちは暇を出された。あの大型ヨットも売りに出された。

巨額の遺産は不運な女の父親のものとなった。だが彼を羨む者はいなかった。それどころか誰も彼もが彼に同情した。それほどコルフはしょげ返り、精根尽きはてたように見えた。彼は娘のためにおごそかな葬儀を営み、立派な墓を建て、毎日のように美しい花を供えた。遺体にエンバーミングも施した。ごくわずかしかいない近親者には、かつて娘を見捨てて顧みなかった自分をどうしても許せないと語ったらしい。そして今回の悲劇はすべて自分の責任だと思っているように見えた。そのひどく思いつめた様子を見て、事情をよく知る人々は彼が娘の跡を追うのではないかと囁き合った。だがそんなことを言うのは、忘却という人間がもつ驚異の力を忘れている証拠だ。実際、月を追うごとに、コルフは気力と意志の力で少しずつ立ち直っていった。しかしながら、莫大な資産も彼を幸せにすることはできないようで、競馬場でもカジノでも、いつも一人だった。

それでもコルフは勇気を出し、人生への興味を取り戻す努力をしているようだった。とはいえあくまでも努力の段階で、記者たちが彼の家に押しかけて今後どうするつもりかと訊いたときも、なんの計画もなさそうだった。ただぽつりと、戦争孤児のための大きな孤児院を開きたいと明かしたが、それもまだ先のことで、いまはまだ娘の思い出が生々しすぎてなにもできないと言った。そしてそつなく記者たちを追い返した。

やがて冬が過ぎ、春が来た。そのころようやく、アントン・コルフは悲しみから抜け出したようだった。人気の舞台の初日や晩餐会などでその姿が見かけられるようになり、深いしわの刻まれた顔に微笑みが戻ってきた。それから彼は太平洋周遊の旅に出ると決めた。温暖な島々や、美しい風景で、心の傷を癒《いや》すために。

そのあとはヨーロッパへ行くことになるだろう。そしてそのときはもう、一人ではないだろう。彼の資産は一人の人間が負いきれないほどの額なのだから。

愛情深く、若く、美しい同伴者がいたら、老境も悪くないだろう。しかも彼を幸せにしたいという魅力的な女性なら数えきれないほどいる。なにしろアントン・コルフは、白髪交じりの鬢といい、哀愁漂う面立ちといい、桁外れの預金額といい、このうえなく魅力的なのだから。だがまだ早い。ヨーロッパの前にまずは太平洋の島々をめぐり、その地の気候のおかげで奇跡が起きたと世間に思わせなければならない。

ヨーロッパと大いなるお楽しみはそのあとのこと。そしていよいよそのときになったら、フランスでも、イタリアでも、スペインでも、彼はパシャのように迎えられるだろう。その腕のなかにはとびきりの美女がいるだろうし、さらには世界中の女たちが誘惑の機会をうかがい、彼の気の利いたジョークに笑い、官能的な若い肉体で彼のベッドを温めようとするだろう。

だがまだだ。いまはまだ早い。そんなことをするには早すぎる。

解説

新保博久

古い創元推理文庫の解説目録のフロントページに、本文庫は「英米仏を中心に海外の推理、SF、怪奇、冒険小説等の名作を厳選してお贈りする恒久的なシリーズ」であると称されていた。まだ国内作家の作品が収録されるようになる以前の話だ。そのころ確かに、フランスが英米に次ぐミステリ大国だった。それがいつからか翳《かげ》りはじめた。

いま最新の大規模なオールタイムベスト・アンケートである『週刊文春』主催の『東西ミステリーベスト100』(二〇一三年)を見ると、海外編はおおかた英米作品に占められ、それ以外はフランス4(後述)、スウェーデン2(ラーソン『ミレニアム』、シューヴァル&ヴァールー『笑う警官』)、イタリア(エーコ『薔薇の名前』)、ドイツ(シーラッハ『犯罪』)各1と百分の八冊にすぎない。フランス勢は、ルルー『黄色い部屋の謎』、ルブラン『奇巌城』の大古典から、中興の祖というべきジャプリゾ『シンデレラの罠』、そして本書『わらの女』。シムノン(ベルギー出身だが)もボワロ&ナルスジャックもどうなってしまったのだろう。それはともかく、挙げられた四作は、ベスト100などが選ばれたさい常に座を譲らぬ人気フランス・ミステリ四天王といっていい。

二〇〇二年には、フランスのジョン・ディクスン・カーという触れ込みでポール・アルテが紹介され、本格推理ファンから熱烈な支持を受けたものの、それ以上には拡がらず、二〇一〇年には邦訳が跡絶えてしまった。しかし近年『あやかしの裏通り』から日本での版元が替わり、改めて注目を浴びつつある。また、前記ベスト100がまとめられた翌二〇一四年に邦訳刊行された『その女アレックス』が大変な評判を呼び、そのフランス人著者ピエール・ルメートルはたちまち人気作家の仲間入りを果たした。それから現在まで北欧、ドイツなどからも有力作品が邦訳されてきているのに加え、中国ミステリにも光が当たりはじめ、英米一辺倒だった翻訳ミステリ地図がどう塗り替えられてゆくか、楽しみなところではある。

そうしたムーヴメントが一過性に終わらないかどうかは神のみぞ知るところだが、少なくともフランス・ミステリはベスト常連四作の評価に関しては、もう不動と考えていい。むしろ『シンデレラの罠』など、原著の繊細な仕掛けをより忠実に日本語化した新訳版が出て、以前よりも株が上がった。本書『わらの女』も、一九五八年『藁《わら》の女』として初訳(当時の衝撃の激しさに、今なお『藁の女』という表記にこだわる読者もいる)されてから、六四年に英国でジーナ・ロロブリジダ、ショーン・コネリー(すでに初代007役に起用されていて、同じ六四年にシリーズ第三作「ゴールドフィンガー」が公開された)主演での映画化を機に文庫化され、日本でも一度ならずＴＶドラマの原作に使われたのち、二〇〇六年には六十五回に及ぶ好評を得た昼の連続ドラマ「美しい罠」の原案に選ばれた（物語展開はおよそ異なるが）おり新装再刊、初訳以来半世紀以上の風雪に堪えて変わらない支持を集めてきた。

今回、『その女アレックス』の訳者によって新訳され、一段と女ぶりを上げたものだ。この版で初めて手に取る読者はもちろん、旧訳に親しんだ読者にもぜひ再読を請いたいところ。こんなに面白い小説だったのか（単に面白いミステリ、という域にとどまらず）と改めて嘆賞すること、間違いない。

その結末に向けての展開を、映画版などを含めて明かさないことには解説の任を果たせないので、**本文より先に解説を読んでいる読者には、この先は後回しにしてもらいたい。**あらかじめ結末を知っていても充分に楽しめるとはいえ、予備知識なしに味わうチャンスは一度しかないのだから。

新訳版の最大の特徴は、ヒロインの名前がヒルデガルデ・マエナーからヒルデガルト・メーナーに変わったことだと、担当編集者に教わった。ハンブルク生まれのドイツ人なら、そう表記すべきであるらしい。

ギャヴィン・ライアルの『深夜プラス1』の場合、主人公よりも脇役の酔いどれガンマンに冒険小説ファンの人気が集まり、初訳でのハーヴェイ・ロヴェルという名前を口にする読者が多かったのだが、二〇一六年の新訳版ではハーヴィー・ルヴェルに改められている。そのほうが原音に近いのだろうが、オールドファンは違和感を隠せないでいる。

しかし『わらの女』においては、本文ではほとんどヒルデとしか呼ばれないので、そうした心配はない。旧訳と大きな違いを感じるのは、黒幕のアントン・コルフがヒルデに丁寧語《ていねいご》で話しかけていた（慇懃無礼《いんぎんぶれい》ともいえる）のが、今回ずいぶんぞんざいな印象になっていることだ。二人の力関係を思うと、今回のほうが自然で、あとで旧訳を拾い読みすると違和感を覚えたくらいである（一九六〇年「悲しき六十才」というヒット曲があったように、六十二歳というコルフの年齢は初訳当時えらく高齢に思われただろうが、現在それほどでないせいもある）。

そのコルフのひそかな計画が、ヒルデを〝わらの女（あやつり人形）〟に仕立てて、リッチモンドの全財産を独り占めしようとすることだというのに法律上の疑問があるとは、再読して気づいたと結城昌治が指摘したものだ。その疑問は煎《せん》じ詰めれば――相続人が故意に被相続人を殺した場合は財産を相続できない。だからヒルデに夫殺しの罪を着せて死刑に追いやり、彼女が相続した遺産を秘書コルフがまた相続するという段取りには、根本的に矛盾があるのではないか、という点だ。作中では有罪が確定する前にヒルデが自殺しているのだから計画は成功しているが、これはあらかじめ期待するわけにはいかない（コルフは、この計画で「一つでも偶然に任せたりはしなかった」と豪語しているのに）。

妥当な指摘だが、しかしただちに「この作品はベスト・テンどころかぐっと下位に転落してしまう」（結城昌治「『わらの女』について」、『推理小説研究』一九六五年十一月創刊号。朝日新聞社『昨日の花』に再録）とまで言いきっていいものかどうか。佐野洋も結城説を受けて、「致命的な欠陥というのは、作者がそのミスに気づき、直そうとしても直せないもの、あるいは、直すと作品自体が変ってしまうようなものである。『藁の女』の場合は、明らかに、これに当ると思う」（佐野洋「推理日記」第一四回、『小説推理』七四年三月号）と認めながら、「しかし……『藁の女』には私は未練を持っている。……種々の小説としての面白さが、強烈な印象として、私の中に残っているのだ」（同第一五回、七四年四月号。ともに単行本『推理日記』では第I巻所収）という。佐野見解に代表されるように、致命的というに近い欠陥をかかえてはいるが、それを補って余りある興趣に満ちた作品というのが、『わらの女』に対する現在の一般的な見方のようだ。

カトリーヌ・アルレーは一九五三年『死の匂い』で好調なデビューを飾ったものの、第二作である本書はフランスの出版社に当初受け容れられず、五六年にスイスのジュベール社によってようやく日の目を見たのは、この弱点が問題になったのかも知れない。そして五八年、アメリカのランダムハウスから英訳され、『リーダーズダイジェスト』に掲載されたコンデンス版は他作家三人とともに『リーダーズダイジェスト名著選集』の一冊として邦訳も出ている（一九六〇年）が、結末が全く書き替えられたものだ。そこではコルフがリッチモンドの遠縁の従弟に設定されており、そのことを獄中のヒルデに初めて明かしたコルフは言う。

「何より大事なことは、殺人者は法律上、自分の殺した相手の財産を相続できないことになっているということさ。……君が有罪と決まれば、……僕があの人の唯一の生き残っている血縁者ということになって遺産をうけつぐという寸法だよ」

これで確かに法律上のミスは解消されるが、優先順位の高い相続人をスケープゴートにして自分が相続するという、ミステリではありがちなパターンに陥ってしまう。「『藁の女』は、マッチで火をつけただけで、あとかたもなくなってしまう。すなわち『囮にされた女』と同じ意味をもって」（初訳版の植草甚一解説）おり、「フランス語の Homme de Paille（わらの男）をもじった言葉で、ロボットとか、でくのぼうとかいうイディオムである」（旧訳文庫旧版の厚木淳解説）という意味は生かされているものの、「藁は、液体を飲むのによく使われる。……あの女主人公は、まさに、（遺産を中継する）そのストローのような役しか果たしていない、と作者は示したかったのではないか」（佐野洋「推理日記」第一五二回、『小説推理』八五年九月号。単行本では第Ⅳ巻所収）とも解される面白みは失せるだろう。

そしてリーダーズダイジェスト版は、本書二九〇頁十五行目、自殺の準備を終えて「ヒルデは立ち上がり、格子越しにドアのほうを見て誰も来ないことを確かめた」に続く場面から大きく変わっている。戦死したはずの姉の夫が生きていて面会に現われ、新聞に夫殺しの容疑者として顔写真の出た彼女をヒルデガルト・メーナーであると認めるのだ。それを端緒にコルフの嘘が発《あば》かれはじめ、ヒルデに代わってコルフが捕らえられる。釈放されたヒルデは義兄と再婚してハッピーエンドという結末だが、ご都合主義的で読後の感銘は薄くなった。これらの改訂をアルレー自身が行なったのか、英訳サイドが改変して事後承諾となったものかは分からない。現行の英訳版もこの改竄版《かいざんばん》に拠っているのか不勉強な私は知らないが、弱点はあるとしてもオリジナル版に軍配を上げたい。

一九六四年のバジル・ディアデン監督の映画版では、原作と違ってコルフ（リッチモンドの甥になっていて役名はアントニー・リッチモンド）がヒルデに付き添ってリッチモンドの死体をニューヨークの自宅まで運ぶが、リッチモンドが生きていたと運転手に思わせるため煙草を喫《す》わせるふりをし、ヒルデ以外に誰も近づけなかった自宅で死んだという状況を装う。しかしリッチモンドは船上で死んでいたとジャマイカ人召使いが証言してコルフは窮地に。逆上して襲いかかってきたコルフに召使いが、運んでいた故人の車椅子をぶつけると、コルフは屋敷の階段から転落死するという情けないオチだ。

一九三〇年から六八年まで効力をもっていたハリウッドの「映画製作倫理規定」（いわ

ゆるヘイズ・コード）の一般原則のうち「自然法、実定法を問わず、法が軽んじられてはならない」（加藤幹郎著、筑摩書房刊『映画 視線のポリティクス』補遺として掲載された訳文による）を遵守《じゅんしゅ》した結果だろう。パトリシア・ハイスミス原作の『太陽がいっぱい』を一九六〇年にルネ・クレマンが映画化した際にも、結末に似たような手が加えられたのを想起させられる。

原作に比べて、ハッピーエンドが優るかどうか論を俟《ま》つまい。だがミステリ評論家の佳多山大地が大学のミステリ講座で『わらの女』を課題書にしたところ、「勧善懲悪という不文律を破った、と評される結末に関して……学生たちの大半が拒否反応を示していた」（「八〇年代生まれ《ジ・エイティーズボーン》とミステリーを読む」第四五回、『本の窓』二〇〇九年十二月号、講談社刊『謎解き名作ミステリ講座』に再録）らしいのには、いまどきの若者のナイーヴさに驚く。あなたはどう読まれるだろうか。

著者アルレーについて紹介しておくべきだが、経歴には秘密が多い。生年も諸説あったものの、どうやら一九二四年十二月二十日パリ生まれというのが正しいらしい。『わらの女』の過不足ないキャラクター描写は、三十路過ぎての人生体験と人間観察の賜物《たまもの》とすれば納得がいくが、『狼の時刻《とき》』（一九九〇年）以後新作の情報を聞かず、さすがにもう望めそうにない。経歴も謎に包まれているが、邦訳もある実用書『美人学入門――私はパリのモデルを育てた』の著者カトリーヌ・アルレ Catherine Harlé は Arley とは別人なのでご注意。

第六作『泣くなメルフィー』(一九六二年)までは、日本で〈悪女シリーズ〉と喧伝（けんでん）されるにふさわしい長編を発表しつづけたのだが、四年の沈黙を経て多彩な作風を開花させた。初めて男性を主人公にブラック・ユーモアを効かせた『大いなる幻影』（六六年）、着陸はできても離陸するだけの距離がとれない島への宝探しに、ラグビーチームを乗せた飛行機をハイジャック、彼らを走らせて滑走路の地ならしをさせるアイデアが愉快な冒険小説『剣に生き、剣に斃れ』（六八年）、ＳＦミステリ『死体銀行』（七七年）など、三十冊近いうち三分の二程度しか読んでいない私が言うのも無責任だが、いずれも読んで損はなく水準は高い。頭ひとつ抜けた『わらの女』はこれからも読み継がれるとしても、せめて上位の数冊は復刊・新訳されるのを願ってやまない。

（本解説には二〇〇六年刊行の旧訳新版に寄せた拙稿を一部組み込みました）

カトリーヌ・アルレー作品リスト

（年号は執筆年）

Tu vas mourir　1953　死の匂い（73年に Mourir sans toi と改題刊行）

La Femme de paille　1954　わらの女

Les Beaux messieurs font comme ça　1959　死者の入江（フランス本国での刊行は一九六八年で、後に La Baie des trépassés に改題刊行）

Le Talion　1960　目には目を

La Galette des Rois　1961　黄金の檻

Cessez de pleurer, Melfy !　1962　泣くなメルフィー

Le Pique-feu　1966　大いなる幻影

Les Valets d'épée　1968　剣に生き、剣に斃れ

Vingt millions et une sardine　1971　二千万ドルと鰯一匹

Bête à en mourir　1972　死ぬほどの馬鹿

Duel au premier sang　1973　決闘は血を見てやめる（76年に Blondy

と改題刊行）

Le Fait du prince 1973 犯罪は王侯の楽しみ

Robinson-Cruauté 1973 黒頭巾の孤島

Oublie-moi, Charlotte ! 1974 さよならメラニー（初版時のタイトルは『またもや大いなる幻影』）

La Garde meurt... 1975 共犯同盟

Les Armures de sable 1976 砂の鎧

À tête reposée 1976 三つの顔

La Banque des morts 1977 死体銀行

L'Enfer, pourquoi pas ! 1978 地獄でなぜ悪い

L'amour à la carte 1979 理想的な容疑者（81年に À cloche-cœur と改題刊行）

L'Homme de craie 1980 白墨の男

L'Ogresse 1981 呪われた女

Une femme piégée 1982 罠に落ちた女

Le Battant et la cloche 1982 死神に愛された男

ALARM ! 1984 アラーム！

Amours, Delits et Morgue & Le Parti le plus honorable　1985　21のアルレー（短編集）

La Gamberge　1988　疑惑の果て

En 5 sets　1990

Entre chien et loup　1990　狼の時刻《とき》

（編集部）

検印
廃止

訳者紹介　仏語・英語翻訳家。お茶の水女子大学文教育学部卒。訳書にＪ・ル・ゴフ『「絵解き」ヨーロッパ中世の夢』、ジョエル・ディケール『ハリー・クバート事件』、Ｐ・ルメートル『その女アレックス』他多数。

わらの女

2019年7月31日　初版

著　者　カトリーヌ・アルレー

訳　者　橘《たちばな》　明《あけ》　美《み》

発行所　（株）東京創元社
代表者　長谷川晋一

162-0814/東京都新宿区新小川町1-5
電　話　03・3268・8231-営業部
03・3268・8204-編集部
URL　http://www.tsogen.co.jp
工友会印刷・本間製本

ISBN978-4-488-14028-1　C0197

もうひとつの『レベッカ』

MY COUSIN RACHEL◆Daphne du Maurier

レイチェル

ダフネ・デュ・モーリア
務台夏子 訳　創元推理文庫

◆

従兄アンブローズ——両親を亡くしたわたしにとって、彼は父でもあり兄でもある、いやそれ以上の存在だった。

彼がフィレンツェで結婚したと聞いたとき、わたしは孤独を感じた。

そして急逝したときには、妻となったレイチェルを、顔も知らぬまま恨んだ。

が、彼女がコーンウォールを訪れたとき、わたしはその美しさに心を奪われる。

二十五歳になり財産を相続したら、彼女を妻に迎えよう。

しかし、遺されたアンブローズの手紙が想いに影を落とす。

彼は殺されたのか？　レイチェルの結婚は財産目当てか？

せめぎあう愛と疑惑のなか、わたしが選んだ答えは……。

もうひとつの『レベッカ』として世評高い傑作。

天性の語り手が人間の深層心理に迫る

DON'T LOOK NOW◆Daphne du Maurier

いま見てはいけない

デュ・モーリア傑作集

ダフネ・デュ・モーリア
務台夏子 訳 創元推理文庫

◆

サスペンス映画の名品『赤い影』原作、水の都ヴェネチアで不思議な双子の老姉妹に出会ったことに始まる夫婦の奇妙な体験「いま見てはいけない」。

突然亡くなった父の死の謎を解くために父の旧友を訪ねた娘が知った真相は「ボーダーライン」。

急病に倒れた司祭のかわりにエルサレムへの二十四時間ツアーの引率役を務めることになった聖職者に次々と降りかかる出来事「十字架の道」……

サスペンスあり、日常を歪める不条理あり、意外な結末あり、人間の心理に深く切り込んだ洞察あり。

天性の物語の作り手、デュ・モーリアの才能を遺憾なく発揮した作品五編を収める、粒選りの短編集。

心臓を貫く衝撃の結末

HOW LIKE AN ANGEL◆Margaret Millar

まるで天使のような

マーガレット・ミラー
黒原敏行 訳　創元推理文庫

◆

山中で交通手段を無くした青年クインは、
〈塔〉と呼ばれる新興宗教の施設に助けを求めた。
そこで彼は一人の修道女に頼まれ、
オゴーマンという人物を捜すことになるが、
たどり着いた街でクインは思わぬ知らせを耳にする。
幸せな家庭を築き、誰からも恨まれることのなかった
平凡な男の身に何が起きたのか？
なぜ外界と隔絶した修道女が彼を捜すのか？

私立探偵小説と心理ミステリをかつてない手法で繋ぎ、
著者の最高傑作と称される名品が新訳で復活。